繪圖・翁子揚

獵命師傳奇

FateHunter

獵命師傳奇系列【卷十二】

九把刀Giddens 著

「不可詩意的刀老大」之

所謂誠意十足就是一路亂寫！

大家好，早安，午安，跟晚安。

首先要說聲對不起，這期的獵命師傳奇拖得有點久，主要不是因爲沒靈感也不是欠缺規劃，而是因爲你正在看的這份「序」一直被退稿。一直一直被退稿。

該怎麼說呢？

我知道大家都很期待每次放在獵命師前面的序，甚至有人是爲了收集這堆序而買書的，還有人把獵命師拿去學校，一直用書狂敲隔壁同學的腦袋嚷著：「不是叫你看獵命師啦，是叫你看序！看序！」還有人直接在書局裡偷偷把序撕掉帶回家，剩下的殘廢獵命師則繼續擺回架上（看著蓋亞倉庫裡，那數百本序被撕掉的瑕疵品退貨……）。

說眞的，連我自己也很期待——因爲每次到了寫序的時候，意味著我已經寫完了新的一集。

既然我們都很期待，那麼這次的序自然也是要好好的寫。

話說獵命師十二完稿後，某日即將要去當兵的我，依舊寫報紙專欄稿寫到天亮，正當我含著牙刷在陽台上等看日出時，突然很有前所未有的新奇感。

寫作寫了七年，不敢說每天都有敲到鍵盤，但認眞計較起來可說一個禮拜裡總有五天在爬格子。現在要去當兵了，等於被國家強制暫停寫小說，很貼心地逼迫我歇一歇。

想著想著，突然有種想寫點感傷的話的衝動。毫不遲疑，我轉身回到電腦前洋洋灑灑寫了三千字，內容大抵是即將去當兵的心情寫照、以及未來一年半幻想如何在夾縫中偷雞摸狗的寫作計畫。大功告成後，我喜孜孜跑去巷口吃早餐，拿起巧克力吐司正要咬時，才發現我的嘴裡還含著牙刷。

但不幸的事發生了。

吃完早餐，我將序email給蓋亞的責任編輯後，僅僅一個小時，編輯就打電話給我，要我立刻上線開視訊討論這次的序。

「九先生，你這樣寫讀者不會接受的。」編輯在螢幕的另一端嚴正說明。

「不會接受？」我傻住了。

說眞的，就算在以前沒人要買我書的時候，印象中也沒被退稿的經驗啊，現在我那麼認眞寫了三千字的序，怎麼會被……

「應該說，讀者根本不會感興趣。」編輯按下列印鍵，將我剛剛寫好的序列印出來拿在手上。

「靠，我相信我的讀者一定對我怎麼規劃在當兵時期的寫作，感到濃厚的興趣耶！而且我在序裡也寫到我對當兵的看法，寫得非常熱血，事實上我寫到差點眼睛噴尿……」我很激動，臉都快貼在視訊小球上了。

「我就沒興趣。」編輯冷冷地把剛印出來的稿子撕掉。

我傻眼了。

就算再怎麼不喜歡我的序，也沒必要特地把序印出來，只爲了要當著我的面撕掉啊！突然之間，我有種很不吉祥的感覺。

這個新上任的責任編輯，該不會這麼快就討厭我了吧？

「那我重寫好了，我想女性讀者的確對當兵的事不感興趣。」我忍耐。

「要寫，要快。」編輯將撕成兩半的稿子對折，再對折。

然後又撕了一遍。

過了幾天，書序還是寸步難行。

正當我想抄襲獵命師第一集的序時（反正大家都忘了第一集的序在寫什麼了），我走到書櫃前抽書，看著櫃子上長長一排浩浩蕩蕩的獵命師傳奇，竟有種「天啊！如此沒耐性的我，竟能持之以恆寫了兩年多獵命師？」泫然涕下的感動。

我抱著書櫃，抽搐顫抖地跪了下來。

假哭乾嚎了幾分鐘後，我興高采烈寫了一篇暢談獵命師的創作理念，以及這部長篇作品在堂堂邁入第十二本後給予我的成長，不管在寫作最基本的耐力上，或是在視野與高度上，都帶給了我許多。也希望帶給讀者們許多。

一共，五千個字。

「我說九先生，你是不是搞錯了？」編輯用手指敲著視訊畫面。

咚、咚、咚。

咚、咚、咚、咚。

「啊？」

「啊什麼？讀者對你的創作理念沒興趣。」編輯強調：「沒、興、趣。」

「怎麼可能？」我跳了起來。

「九先生，你究竟知不知道你序的最大特色是什麼？」

「精彩！」我毫不遲疑。

「錯！是亂寫！」編輯用力拍桌，震得畫面狂跳。

「亂寫？」我傻了。

「沒錯，就是不負責任地亂寫，唬爛，豪洨，鬼扯，瞎搞，沒有重點。」

「我不同意，像上次獵命師十一集那篇序〈跟比絲吉的戰鬥〉，就是眞實發生過的事啊，根本不需要唬爛就可以寫得很好笑啊！」我引用前例，據理力爭：「所以重點是誠意跟功力，我很有誠意啊！功力當然馬是超強！」

「那一篇比絲吉什麼的，不管是眞是假，讀者就是認爲你在唬爛。」編輯不屑地瞄我：「因爲，看起來就像是唬爛。」

「太不公平了！明明就是眞的！我跟比絲吉纏鬥了半天、力保不失小頭，竟然被讀者認為是唬爛……雪特！我沒辦法接受！我不接受！從現在開始我要用最誠懇最謙卑的心寫序！扭轉情勢，就從這一篇開始！」我抱著頭大吼大叫：「聽著，你聽好了，我就是要講我創作獵命師的心得！我就是要寫那種讓人感動到頭皮發麻的作者序！我不要唬爛！我不要騙人！」

編輯冷冷按下列印鍵，再度將我的序給印了出來。

「不亂寫序，就不過稿。」編輯面無表情，用慢動作撕掉我辛辛苦苦寫的序：「不過稿，就不出書。沒有書，就沒有版稅。」

聽到沒有版稅，我立刻肅然起敬。

「是的，這件事我剛剛在迴光返照裡迅速想過了一遍，沒錯，人生就是一場大騙局而已，哈哈，序這種東西自然也是要好好唬爛一下的。」我豎起大拇指，微笑：「請再給我一點時間，我一定會好好亂寫。」

編輯面無表情，將剛剛撕成兩半的序，對折，對折，又對折。

然後撕了一遍。

「給你一個小時。」編輯將碎紙撒在螢幕上。

是的，事情就是這樣。

看看手錶，我只剩一分鐘可以亂寫，時間掐得剛剛好。

快速看了一遍，這序果然寫得毫無重點，亂七八糟，希望可以順利過關。

就這樣，大家再見，我要去爆笑國家啦！這一期的獵命師要看至少整整三個月，所以要看慢一點，再慢一點……再慢一點……

獵命師傳奇系列【卷十二】

獵命師傳奇

目錄

〈人類的勇氣，怒火天際〉之章

第324話

雷力，恐怕是整個第七艦隊最無聊的人。

今晚又是一個讓他發呆一整夜的漫長時光。

「……」雷力看著正隱隱晃動的上鋪，交叉的雙手撐著後腦袋，打了一個呵欠。

哎，睡在上面的喬喬，又在打手槍了。

眞沒勁啊，雷力又打了一個呵欠。

「喂，別一直打呵欠，你不知道打呵欠會傳染的嗎？」坐在對床看漫畫的布拉克瞪了雷力一眼。布拉克總是漫畫不離手，是個標準的夜魔俠迷。

「……眞是抱歉啊。」雷力看著布拉克，又打了一個委靡深遠的呵欠。

布拉克順手從枕頭上抓起一本 *X-men* 系列的漫畫，丟到雷力的臉上，說：「這麼無聊，就算翻翻也好，別在那裡閒著沒事幹。」

「少來，明明知道我不看這種東西。」雷力將漫畫丟了回去。

「試試看，就抱著你第一次打手槍那種心情。」布拉克又將漫畫丟了過來。

「饒了我吧。」雷力將漫畫丟在腳邊。

在軍艦上服役，不靠岸的日子眞的很難捱。

反正整間容納上百人的大寢室全是一群臭男人，剛剛忙完一天軍事演習的同袍們大多連貼身的白色T恤都懶得穿，就這樣赤身裸體坐在窄小的床上打電動、傳遞早就翻爛的漫畫、言辭浮濫的愛情小說、過期兩個月的色情雜誌。

這些極易打發時間的隨興娛樂，雷力全都沒有辦法加入，唯一他「看得懂」的色情圖片雜誌，又要排隊等很久，因爲幾乎每個人都有這方面的需要——這種需要，在軍艦上是一種同舟共濟的默契，沒有人會拿這件事來恥笑另一個人。

從小，雷力就覺得這個世界上有太多東西非常非常荒謬，荒謬到無法理解。

先說電影好了。

不管是喬治．盧卡斯的星際大戰系列，或是托爾金經典小說改編的魔戒系列，或是J. K. 羅琳的哈利波特系列，雷力都看不懂。

眞的，完完全全看不懂。

「等一下，那個星際大戰的歷史是發生在什麼時候？什麼？不是眞正的歷史？故事發生在某個遙遠的銀河系？等等，眞的有那個銀河系嗎？有的話爲什麼不跟地球交流？地球不在宇宙聯邦裡嗎？」

「矮人也就算了，但如果這個世界上眞的有精靈的話，爲什麼我們都沒發現過精靈的化石？還有，那棵樹爲什麼會講話？中土大陸……那是以前的歐洲還是哪裡？我怎麼沒有讀過中土大陸的歷史？」

「這個世界上怎麼可能會有魔法存在，那根本就違反了質量守恆原理啊！還有那支掃把，根本缺乏任何一種物理條件可以讓它飛起來——而且還能以高速載人？」

雷力總是很困惑，而他的困惑往往把一起看電影的人弄得很火。

再來說情節最嚴重的卡通好了。

「米老鼠？牠哪裡像老鼠了？就算是老鼠，老鼠也不可能會講話啊！」

「我的天，汽車什麼時候也能開口聊天了？一點根據也沒有。」

「什麼惡魔果實？這個世界上根本沒有那種水果，爲什麼要瞎掰出來呢？如果小朋友吵著要媽媽去超級市場買惡魔果實的話，豈不很困擾大人？再說無論如何人體也不可能變成沙子吧？也不可能變成火焰吧？就算可以突然變成沙子或火焰，之後也不可能再變回普通的身體啊！」

對於這個世界上不可能存在的、或缺乏證據存在的事物，雷力都無法接受。

就連常用詞語中特別誇張的形容，雷力也無法理解其中的修辭意義。

例如「熱情如火的女人」——再怎麼熱情，也沒辦法眞的燒起來吧？

「我要一腳把你狠狠踢到月球去！」——無須考證就知道，這不是人類的腳力所能辦到的攻擊，既然大家都知道不可能，爲什麼還要用辦不到的事威脅別人呢？這不是虛張聲勢嗎？

「就算你化成了灰我也認得你」——眞有人可以辨識出親人的骨灰嗎？

詩集更不必提了，光是小說雷力看了半天就是卡住又卡住，無法推進劇情，甚至連閱讀散文都成了問題；更別提安徒生童話、伊索寓言、格林童話，只要動物一開口說話——除非是鸚鵡，否則雷力就會陷入嚴重的苦惱裡。

理所當然的，雷力是個無神祕主義者、反修辭主義者，更是個無神主義者。小時候雷力曾在主日學課堂上跟老師辯論「摩西將紅海隔成兩半根本是唬爛的」半小時，被惱火的老師給逐出教室，而白目的雷力還傻呼呼不懂自己錯在哪裡。

除非上帝出現在雷力面前，親自將紅海給隔開，雷力才有被說服的可能。

說了這麼多，如果你認爲雷力是一個很難搞的、憤世嫉俗的實證主義者，那你就誤解雷力了。事實上雷力是一個相當好相處的人，只是在這個「充滿創意」的世界裡，雷力過得特別苦悶，也很難跟別人有話題。

也因爲這個「重大缺陷」，雷力在不須眞正升空飛行的電腦模擬戰鬥訓練課程中，總是得到全連隊最低的分數，而且，恐怕還是有史以來準飛行員受訓裡最低的分數。原因顯而易見，雷力搞不懂那些用動畫製作的敵機爲什麼需要被打落，而且還是用根本就不存在的「飛彈動畫」去打落！

「雷力，你的分數一直這麼低，我很難讓你在戰鬥機中隊裡繼續待著。」

「那怎麼辦？我只會駕駛戰鬥機啊！」

「也許該把你調到比較輕鬆一點的飛行中隊，例如轟炸機中隊？」

「教練，駕駛戰鬥機才是我報效國家的方式啊！」

幸好在一次警戒波斯灣上空的例行偵測任務裡，某個正式的飛行員因故不能上場執行任務，雷力才有替補上陣的機會。在那次飛行任務裡竟遇上了特殊狀況，冷靜果敢的他表現非常優秀，精準擊落了敵國測試中的隱形間諜機。否則雷力現在還只是個永遠的戰鬥機候補飛行員。

雷力，以身爲美國最先進的F22，猛禽Raptor戰鬥機飛行官爲榮。

第325話

「雷力，你眞是可悲。」

隔壁床的飛行員從手中的遊戲抬頭，看了他一眼。

「是嗎？我一點也不這麼覺得。」雷力看著終於停止搖晃的天花板。

「上帝似乎少給你了什麼，才讓你這麼無聊。」布拉克譏笑他。

「上帝？拜託，到底你們之中誰跟上帝吃過飯了？」雷力嘆氣。

剛剛結束一天的武裝飛行演習，虛脫的雷力無事可做，只好呆呆躺在床上試著小睡，但過度疲倦，神經反而舒坦不起來，翻來覆去就是睡不著。雷力問了幾次誰要玩撲克牌，大家全都意興闌珊。

雷力拿出藏在枕頭下的女友照片，憐惜地用指甲在她的手臂上輕輕刮著。

照片上佈滿雷力的指紋與指甲刮痕，全是殷殷思念的痕跡。

不知道什麼時候才能回到美國本土，抱抱她，抱抱他們一起養的狗。現在正處於最高警戒狀態，所有個人與外界的通訊都暫時封閉，這可苦了全艦官兵；沒有人接到從故鄉來的信件，就算是冷冰冰的電子郵件也由於安全因素暫時被封鎖起來。不過這樣也好，也少了很多人接到Dear John letter。

雷力將照片放回枕頭下，頭昏腦脹跳下床，走到寢室左側打開公用的電視。

新聞頻道正在播放美國總統在白宮花園前舉行的國際記者會。新聞，是雷力第二喜歡的，也是少有能接受的電視節目之一。

「戰爭一觸即發，我們很快就會在東京上空跟日本鬼子殊死啊。」雷力杵著下巴，喃喃自語。

身爲一個戰鬥機飛行員，貢獻生命爲國出征是理所當然，在某種層面上，雖然戰爭不是什麼好事，卻也有熱血沸騰的光榮。只是雷力等人絕對沒有想過，美國有一天竟會將最重要的經濟同盟——日本——當作敵人對待。

一個軍階更高的飛行官走了過來，將電視轉播切掉，放入一片電影DVD。

「新聞有什麼好看，看電影，沒人反對吧？」那軍官漫不在乎。

「沒啊。」大家異口同聲，用戲謔的表情看著雷力。

雷力無可奈何，裝作不在意。

電影是經典舊片「駭客任務」，說的是未來世界人類與機器之間發生了大戰，人類慘敗，除了付出核塵遮蔽大地的代價外，機器更統御了每一個人類。為了取得機器運轉的能源，機器將人類當作生物熱能發電的電池使用，不僅控制了人類身體的自由，連靈魂都禁錮在機器計算的虛擬空間裡。

緊接著，虛擬空間裡突然覺醒的一個人類，被賦予拯救全人類於機器魔掌的任務。他是救世主，暢遊於現實與虛擬之間，可以一飛沖天，可以一拳震撼大地，可以用肉眼辨識亂七八糟的程式碼，簡直無所不能……

駭客任務在演什麼，大家都看了好幾遍，不過雷力始終看不懂。

……機器人將人類當作電池來使用，眞是不可思議地亂扯。如果需要能源的話，大可以利用核子動力或更先進的方式，居然靠豢養人類來取得微弱的生物熱能？一點都沒有成本效益的概念。

那也罷了。

更重要的是，明明就沒有發生的、屬於不可測知的未來的事，怎麼有人有興致花大錢把那些不合邏輯的幻想拍成電影？就算未來很可能會發生那麼扯爛的事，人類應該從現在開始就停止發展人工智慧跟開發網路空間啊！爲什麼不呢？

雷力越看，眉頭就鎖得越緊。

爲什麼大家不多看一點像是國家地理頻道那種——合乎實際的節目？

說到合乎實際，成爲F22的正式飛行員之後，雷力倒是被迫接受一件與「合乎實際」相差十萬八千里的事，那就是吸血鬼的存在。

第326話

原本吸血鬼眞實存在世界一事，一般職業軍人與警察部門並不需要知道。

各個國家都有基本共識，就是將防範吸血鬼勢力的工作交予各國的秘警部門專門處理。秘警對付吸血鬼，與吸血鬼談判；軍事部門則專責對付人類的國際衝突，與恐怖份子談判；警察部門則維護人類社會的治安，與武裝綁匪談判——就如同你在電視與電影裡看到的一樣。

但不管是軍事部門或警察部門，你的軍階與職等到了一定層級，必然會收到秘警署的課程邀約，到秘警署接受爲期兩個月的密集受訓，認識你過往人生所不知道的一切。

關於吸血鬼的一切。

原因有二。

一，當國家需要徵召你支援秘警署，去對抗吸血鬼的勢力時，這些戰鬥菁英才不會摸不著頭緒，在懵懂或震驚的情況下成爲血鬥秒殺下的犧牲品。有些出類拔萃的警員或軍人被調任爲秘警署的文職專員或戰鬥員，也很常見。

二，即使撇開人類與吸血鬼千年鬥爭的部分，在吸血鬼與人類和平共處的情況下，生鮮血貨的國際運輸、地區醫院血庫的通貨配給、乃至血族黑幫與人類黑社會的利益分食等，都是影響人類社會正常運作的變數；或者，所謂的「正常」，就是在容許吸血鬼侵蝕人類社會的同時，卻又巧妙隱藏所有祕密的顚簸平衡。

簡言之，你身上的責任越大，就不能不了解吸血鬼的存在。必要時，你得浴血戰鬥；但通常，你得出面幫助吸血鬼取得他們想要的東西——爲了避免眞正的戰鬥。

身爲**F22**最先進戰鬥機的飛行員，當然得接受美國祕警署的課程訓練。

但在雷力受訓的第一個禮拜，他簡直不知道手上的講義「從現在起，吸血鬼可能住在你家隔壁」是在寫什麼鬼，也不知道那些教學影片「與吸血鬼戰鬥實錄」是哪一門子的怪電影。面對秘警署強制灌輸他吸血鬼的一切，他恐慌到了極點，直到在解剖課裡，雷力拿起手術刀，親自割開一具吸血鬼屍體的內臟，用顯微鏡確實看見了吸血鬼特異細胞與人類細胞的差別後，雷力才眞正進入狀況。

「科學」，是雷力唯一的信仰。

只有透過科學，雷力才能認識吸血鬼，接受這些黑暗的存在。

突然，警鈴大作，寢室的燈光變成了搖滾的鮮紅色。

原本該是很緊張的氣氛，但所有人只是用比平常動作還要快一點的速度，從床上跳下，扣上鈕扣，繫上鞋帶。

「都已經演習了一天，現在還來這一套。」布拉克頗有怨詞，還有最後兩頁沒複習完咧。

「說不定不是演習，是真的要去扔飛彈啦！」上鋪的喬喬諷刺道，扣上皮帶。

「天殺的，最好是。」遠遠一個飛行員咒罵。

雷力倒無所謂。

反正自己真的蠻喜歡開飛機的，這下睡前又可以在黑空中飆上一趟。

第327話

飛行中將看著平靜的大海，再過一會兒，這片大海就會滿載著哀號的火焰。

發布最高警戒的三分鐘後，飛行員全數集合在甲板上，精神飽滿，兩眼如虎。

「飛行員，站好！」中隊隊長喊著口號。

轟。

「站好！」全體隊員豪吼，精神抖擻。

「飛行員，抬頭挺胸！」中隊隊長昂首。

轟。

「抬頭挺胸！」全體隊員昂首。

戰士肩上的徽章閃亮，耀眼得連呼嘯的海風都肅然起敬。

飛行中將站在他一手訓練出來的戰鬥機飛行員前，看他們穿著筆挺的墨綠色軍裝，個個氣宇不凡，英姿煥發。彷彿就是他年輕時候的模樣。

而這些孩子，即將用生命承擔起此次大戰的先鋒。

他們，有這個本事。

「孩子。」飛行中將緩緩說道。

「是！長官！」所有人驕傲不已。

「七十五年前那天，日本人未經正式宣戰，數百架飛機從千島群島出發，對停泊在珍珠港的我國軍艦發動可恥的偷襲！我們損失八艘戰列艦，三艘驅逐艦，四艘潛艇，戰機一百八十八架，死傷三千四百多人！」飛行中將的聲音因憤怒而顫抖：「你們知道嗎！」

「知道！我們知道！」戰鬥機飛行員同聲共氣，額上青筋暴露。

「七十五年後——」飛行中將朗聲說道：「就在二十分鐘前，我們的總統在發表演說時，遭到慘無人道的軍事暗殺。就在全世界媒體前，幾十億人，幾十億人看見我們的總統被子彈掃射成蜂窩，國防部長，參謀總長，與二十一名重要政府官員，八十七名記者同時犧牲了生命，白宮一片火海。」

所有飛行員全都瞪大眼睛，無法置信。

總統在眾目睽睽下被殺得支離破碎，這是何等的恥辱……

「激烈交火中，我們的弟兄已經當場格斃了敵人的暗殺部隊。但敵人的惡意還未澆熄，我們的怒火，正義的怒火，才剛剛熾烈燃燒！」飛行中將指著沉默的黑色大海：「殺害我們總統的凶手，別無他人，就在海的另一頭。」

「幹！」布拉克大吼。

「上尉，你說什麼？」飛行中將瞪著布拉克。

「報告長官，幹他娘的！」布拉克握拳，聲嘶力竭。

「幹！」雷力也踏步向前，大叫。

「幹！」所有飛行中隊的成員，全都憤怒大叫。

士氣沸騰。

飛行中將點點頭，抬起他驕傲的硬下巴，說道：「罵得好！剛剛艦長接到了命令，一個熱烈光榮的命令。我們現在就要給那些日本吸血鬼上一課，什麼叫做屈辱。」

「是！」

「這場大戰的起點，就由我們第七艦隊最優秀的第五飛行中隊開始！」

「是！熱烈光榮！」眾飛官怒吼。

飛行中隊的隊長踏前一步，轉身宣布：「第五中隊，所有人聽命！」

轟。

第五飛行中隊，立正站好，呼吸灼熱起來。

中隊隊長掃視每個人的眼睛，檢視他們飛鷹般的勇氣。

每個人的眼神，回報以恨不得立刻投入肉搏戰的瘋狂。

隊長朗聲：「五分鐘內登機升空，十分鐘後第五中隊將在大海上與第六中隊、第七中隊會合，一共四十八架F22戰鬥機，痛擊日本停泊在東京灣上的自衛隊艦隊！」

「痛擊自衛隊！」

□

煙霧繚繞。

咬著菸斗，皮克艦長坐在指揮官室的皮椅上，看著十六架F22戰鬥機依次從甲板上垂直起飛，朝著大海東方衝去。

引擎在空氣裡爆出怒吼，在海面上壓破出一道又一道浪線。

自古以來，不管科技多麼發達，武器到了何等大規模毀滅的境界，戰爭的勝利關鍵，還是在於控制人心。

悲劇最能蠱惑軍氣，復仇比正義更煽動人心。

皮克艦長吐出混濁的濃煙，看著手中的緊急電訊。

這份下令報復突襲的電訊，在不久以後，就會被發現來源疑點重重。

但現在可不是平常，而是總統被公開刑殺的，巨大恐慌的二十分鐘後。

皮克艦長嘴角上揚。既恐懼，又讚嘆。

「……這一切，竟都在凱因斯大人的計算裡啊。」

第328話

戰機升空，每個人都被通知此次任務的編屬。

詳細的戰術計畫早已演練再三，此次交付的是代號「雷神之鎚」的攻擊行動，目標癱瘓駐守在東京灣上自衛隊的輕型航母群。如果遇到敵人的空軍抵抗，那就「順手」將日本空軍全數殲滅。

所有重要的軍事目標均已輸入戰鬥機精密的電腦資料庫，一旦進入戰鬥領域，三分鐘就可以見勝負，二十分鐘之內在海上留下大火，功成身退。

「沒想到這一天終於成眞。」雷力輕輕吐氣，看著儀表板上的雷掃。

「卑鄙無恥的小日本，他們膽敢暗算我們總統，絕對也料得到我們正要去操他們；現在的東京灣，一定有上千門對空砲跟幾百架戰鬥機在等我們。」喬喬嚼著口香糖，口氣沒有一點擔心的樣子。

「那豈不更好？不管來幾百架飛機，全部都是活靶。F22，可不是SONY或任天堂做得出來的好東西。」布拉克嘿嘿冷笑，看著滿額的飛彈指數：「教他們見識一下，什麼是眞正的尖端科技。」

「那麼來比賽吧，看看誰打下的飛機多。」雷力慢慢拉高機頭，頗有引領全隊的意味：「輸的人一個星期不準打手槍。」

「臭小子，你以爲你一定贏啊？」喬喬大笑：「賭了！」

突然有來自第七中隊的插播：「我說第五中隊的弟兄們，你們的賭約實在太無趣了，乾脆我們三個中隊來個團體競賽吧，看看哪個中隊立下的功勞最大。輸的兩個中隊要全體穿上女生泳裝，在酒吧裡服侍贏的中隊！」

「這算什麼獎品？」雷力笑罵：「不過我同意，有何不可呢？」

「我謹代表第六中隊同意這場賭局，弟兄們，如何？」來自第六中隊的插播。

所有人都在頻道上大笑，大表贊同。

這些空中騎士，的確有資格驕傲。

他們駕馭的F22隱形超音速戰鬥機，從西元二〇〇五年正式服役起，就冠有世界第一強的戰鬥機名號。這絕非浪得虛名。

每台造價一億六千萬美金的F22戰鬥機擁有優異的匿蹤效果，以及相當於神盾戰艦等級的相位矩陣型雷達，搜尋能力是上一代戰鬥機F15的兩倍多，分辨率甚至比空中預警管制系統（AWACS）快上好幾倍，能夠一口氣鎖定三十個空中目標與十六個地面目標；F22的操控能力極強，不開向量噴嘴就能達到六十度的攻角，最高速可達每小時一六〇九公里，不加油飛行可達四千公里，猶如中程轟炸機。

在攻擊力上，F22一次可攜帶八枚空對空導彈，對地攻擊則有反輻射導彈，遠程空對地導彈，和鐳射制導炸彈等武器。最誇張的是，F22能夠在以一．五馬赫的速度飛行時，於五萬英尺的高空上投下聯合直接攻擊彈藥——無人能及。在二〇一二年的最新改版之作中，還配備空對空鷹爪機砲，可以在導彈用罄後，繼續於高速飛行下用最傳統的方式撕裂敵機。

曾有兩個讓軍事迷津津樂道的傳言。

在一次實機模擬戰鬥中，F22以一單挑六架F16，大獲全勝。

另一次，在阿拉斯加的軍事演習裡，七架F22搭配二十四架F15的飛行中隊，對抗三十二架可以「不斷重複再生」的F16與F18。最後的結果是，F16與F18一共被擊落八十三架次，而己方僅損失一架F15。

除了祕密研發中的F26跟實際上並不存在的幽浮，恐怕沒有任何一架飛行器能夠與F22相抗衡——尤其，這個世界上根本沒有一個國家的空軍，能一口氣與四十八架F22對峙！

一切似乎勝利在望，日本人一定會極悔恨爲什麼要挑起這場戰爭。

「全體注意，一分鐘後進入任務範圍。」電子儀器指示。

所有飛行員在胸前劃上十字架。

□

停在兩軍即將交陣的大海上，一艘小艇。

四千顆腦袋感知到了危險，不安地發抖。

「這場戰鬥，就由我來打頭陣吧。」小艇上，一名老者。

頭上千呎的黑色天空，隱隱震動起來。

老者睜開眼睛。

「……用完全勝利來證明，血族捍衛食物的決心。」

□

輕鬆。

或故作輕鬆，是戰鬥前夕最重要的心理素質。

布拉克吹著口哨：「其實我從來沒到過日本，沒想到第一次去觀光，竟然得自己開飛機去，座位還真小，也沒有像樣的東西吃。」

「是啊，位子超擠，還沒有空中小姐。」喬喬咕噥。

「還帶著厚重的禮物呢。」來自第七中隊的附和。

「什麼禮物？」雷力愣了一下。

「飛彈啦！」布拉克沒好氣地說。

「……」雷力還是搞不大懂。

雷達上並沒有發現敵人出動空軍的動靜，似乎還未警覺F22戰鬥機群的暗夜來襲。

等到那些吸血鬼的雷達發現他們的行蹤，早就火焰沖天了。

突然，位居左翼的第六中隊發出驚駭莫名的大叫：「那是什麼！」

布拉克側頭一看，看見了此生最恐怖的畫面。

第329話

「那是什麼東西！」布拉克愣住。

「龍！是龍！」來自第六中隊的驚嚇。

一條巨大的紅色有翼飛龍，嘴裡甩著金黃烈焰，從黑色的雲層直破而下！

「龍？」雷力不解。

不只一條龍。

數十條張牙舞爪的有翼飛龍，帶著燃燒的雲氣衝向F22戰鬥機群。

難以置信！

「注意！牠想攻擊我們！」最接近紅龍的飛行員大叫，猛地急轉直下。

「怎麼可能！這眞是太扯了！」喬喬大駭，握緊轉舵的雙手滲出冷汗。

「操！我要開火了！」

「四面八方都有！四面八方都有！那些怪物全躲在雲裡！」

「一定是日本吸血鬼養的怪物！請求開火！」

□

雷力傻眼。

東張西望，沉悶的夜空下只有F22的同伴們，其他什麼也沒看見啊！

「你們在慌什麼？我根本什麼都沒看到啊！」雷力大叫：「不要惡作劇！」

雷力眼睜睜看著所向無敵的F22散亂開來，完全不成陣形。

在雷力的「視界」外，一條紅龍疾衝而下，撲向第七中隊爲首的F22戰鬥機，將那台F22狠狠撞歪了飛行軌道。

這一撞，開啓了曠古絕今的超級空戰！

「全面開火！」

不知是誰發的命令，大家有志一同都開啓了攻擊模式，將飛彈……

「等等，飛彈鎖定系統沒有反應！」布拉克錯愕不已。

「我也是！無法使用飛彈！」一人大叫：「系統好像失靈了！」

一頭有翼紅龍張大著嘴，呼嘯而來，從巨大的嘴裡逆風噴炸出火焰。

首當其衝的F22戰鬥機閃避不及，在黑空中化作一團火球摔向大海。

雷力呆呆看著，一台毫髮無傷的F22從空中直墮，像是無人駕駛般插進海裡。

「……這是怎麼一回事？」

雷力的背脊發冷，突然看見飛在一旁的喬喬座機赫然來個大翻轉，趕緊壓低機身躲過，差點沒被自己的夥伴給撞毀。

「去你媽的！」喬喬又是一個空中大甩尾，驚險地躲過一道「奪命火焰」。

數量難以估計的有翼紅龍朝著F22機群噴火而來，充滿惡意的火焰將天空燒得紅燙。這些應該只活躍在奇幻小說裡的太古怪物，不只從嘴巴噴出巨大的高熱火焰，牠們的飛行速度令人咋舌，而牠們動作之靈活更壓倒鋼鐵製造的F22戰鬥機！

就在大家無法啓動飛彈攻擊的一眨眼間，又有一台F22被兩頭有翼紅龍從左右夾攻，兩道張牙舞爪的火焰直接將它焚成一團火球。

一台尖端科技，造價一億六千萬的戰鬥機就這樣摔進海裡。

那些翻來飛去的怪物宛若老鷹，而F22竟然成了孱弱的小雞。

「大家冷靜！看看你們的雷達，根本就沒有反應！」雷力又急又氣，大叫：「飛彈無法鎖定目標那是當然的啊！因爲目標根本就不存在！」

根本沒有人聽得到雷力的呼喊，全都忙著躲開有翼紅龍的猛擊。

突然，在雷力的視界外，一頭有翼紅龍哀吼一聲，消失在雲海深處。

是布拉克！

布拉克駕駛的F22戰鬥機猛烈地朝有翼紅龍開火，綿密的火線射穿了那些怪物的身軀，將牠們遠遠壓制在雲的那頭。

「飛彈逮不到牠們，就用鷹爪砲讓那些惡龍瞧瞧現代兵器的厲害！」布拉克憤吼，雙手緊按著砲火鈕：「去你的！去你的！」

話還沒說完，立刻就有五、六頭有翼紅龍被鷹爪機砲打成稀巴爛。除了莫名其妙的雷力，所有人都跟布拉克一樣啟動了鷹爪機砲，各自鎖定獵物攻擊。

遭遇頑強抵抗的飛龍從嘴裡噴出烈焰，火焰被夜風捲起無法防禦的角度。

一眨眼，又有兩台落單的F22遭殃。

第330話

有翼紅龍在天空中發出傳嘯千里的尖吼，那聲音教人毛骨悚然。

換作是一般的戰鬥機飛行員，看到這種怪物、聽到這種叫聲，早就放棄戰鬥的念頭，還打什麼？遇著了魔物感到害怕，沒有人會責怪。

但。

「我們可是F22！」喬喬大叫，一頭又一頭飛龍被殺得措手不及。

「所有人聽到！」第五中隊的隊長鎮定說道：「像平時演習一樣，兩個兩個相互掩護支援，每個中隊將距離拉開，用三角火力把他們逼到中間解決！」

語畢，所有的砲火立刻組織成綿密的死亡網，將逼近的惡龍打落。

能駕馭F22的，全是人類世界最頂尖的飛行員，戰局在一瞬間就扳了回來。

十幾條惡龍被穿梭交織的砲火射得腸穿肚爛，在高空中歪歪斜斜地落下。勢均力敵的場面。

「眞抱歉啊！今天就讓你們絕種！」一人大叫，兩門鷹爪機砲死咬著一條惡龍慌張逃走的方向，將牠的尾巴射爛。

惡龍沒了尾巴，失去平衡摔落雲端。

幾條惡龍噴出的火焰凝聚成球，劃破黑空，無視空氣阻力與物理軌道，直直衝向掩護右翼的第七中隊，速度不下一般的飛彈。

「散開！」

第七中隊 F22 戰鬥機機群趕緊散開，那些火球什麼也沒擊中，卻在交會點爆開一大串刺人眼目的煙火，亂了第七中隊的陣形。

「不要慌！重新來過！」第七中隊隊長鎭定說道，開啓砲火射穿一條惡龍的頸子。

那條惡龍的火焰正吐到一半，頸子一破，火焰立刻燒爛自己的腦袋。

訓練有素的隊形再度重組，用重火力壓制住來犯的飛龍。

「回家以後，我一定跟我兒子說，你爸爸曾經勇者鬥惡龍啊！」一人豪邁大笑，在雲端射下一隻來不及吐出火焰的兇惡飛龍。

機身一偏，又將另一條飛龍的翅膀射斷，銳不可當。

忽然上方的雲層破散，一條惡龍突襲衝下，竟抱住那人駕駛的F22，收起翅膀，連龍帶機不要命俯衝直下。

「混帳！拉不起來！」那人大叫，彷彿聽見金屬機身承受不了的悲鳴。

那惡龍強壯的頸子捲著駕駛艙，邪惡的眼睛訕笑瞪著裡面的飛行員。飛機垂直衝撞大海，海面一聲恐怖的巨響後同歸於盡。

「操！我幫你說！」

於是又一台F22戰鬥機在隊友的砲火掩護下，衝進十幾條惡龍盤據的雲層，轉眼之間又有三條惡龍殘破的身軀墜下。

所有飛行員施展渾身解數，開火，又開火。

貫穿復仇意志的連綿火丸，射破被邪惡之火燒紅的雲層。

有條不紊的堅強陣式，對抗勇往直前的無盡惡龍。

「左翼！小心左翼！」

「誰幫我幹掉後面那隻，我擺脫不了！」

「他們都餵這些醜陋的怪物吃什麼啊？不管了！我們就餵牠們吃子彈！」

「有時間說笑話不如幫我開道！就是現在！開火！」

「把火力集中！集中！快閃開！」

「操，原諒我，我先走一步了……」

「操他娘的我被噴中了！用火力掩護我，我進去幫大家衝殺一陣！」

起先，每一台F22被襲擊墜毀，就有七、八頭有翼紅龍被射落海，等到陣形固若金湯，兩兩掩護，四四成陣，火力層層重疊，竟殺得那些有翼紅龍連逃命都沒有時間。捨去精密鎖定的飛彈，大家都用最強的生存本能戰鬥，以肉眼，以大拇指，以直覺，在十字準心中格殺那些長了翅膀卻不長眼的擋路怪物。

大家都沒有將眼前荒謬的廝殺情景當作是電視遊樂器來消遣，他們的敵人雖然沒有像樣的陣法，卻毫無止盡地從四面八方的雲層裡衝出，怎麼殺也殺不完。心神若有絲毫鬆懈讓惡龍撲上，自己陣亡也就罷了，卻讓同伴少了一台戰鬥機的火力支援——同舟共濟，能爲同伴多殺幾隻就是幾隻！

「……」只有雷力，完全不知道大家在做什麼。

第331話

遼闊的大海上，有一艘小型的軍事艦艇在波浪中靜靜守護。

往後，距離東京只有二十公里。

但這短短二十公里，卻有全日本最恐怖的「軍隊」傲然駐守，負責擋下所有試圖來犯的敵國武力。

不管是戰鬥機，轟炸機，航空母艦，驅逐艦，潛艦，兩棲登陸艦，只要敢明目張膽來犯，就必須先衝破這支「軍隊」張下的結界。

這結界幾近完美，猶如在海上築起一道由妖魔鬼怪站崗的銅牆鐵壁。

這支軍隊的組成份子非常奇特，一共有四千大軍。

四千只泡在海水裡的特製浮桶，隨著浪載沉載浮，由數十萬條鋼鏈將彼此牢牢鎖死，呈現出一張超大蜘蛛網的壯觀景象。入了夜，這些鋼鏈在海波中不住地鏗鏘砸擊，

鏘……鏘……鏘……鏘……彷彿是地府裡牛頭馬面追魂索命的鐵鍊聲，不寒而慄。

聲音之外，浮桶裡的祕密更嚇人。

浮桶半滿了濃稠的血膏，裡面各安坐了一個個全身赤裸的吸血鬼。

每一個吸血鬼都呈現半冬眠狀態，雖是闔眼長眠，但眼皮猛跳、牙齒打顫、偶爾還會全身痙攣。

在他們尚未成爲吸血鬼之前，全都是人類之中的罪犯或遊民，在遭到牙管毒素感染後，他們就成爲一具具專司做夢的不死機器，從不定期補充的血膏裡補充營養與熱量，低攝取、低排泄、高睡眠，說他們是活著的木乃伊一點也不爲過。如果他們幸運地發生身體機能失調而死去，便會被挑出來餵魚，桶子換入一具新的活木乃伊。

平均起來，一具活木乃伊可以在這樣的狀態下活命十七年。

人，當然不是人。

鬼？卻也不如鬼。

這四千具可悲的活木乃伊，額頭都被刺上威力強大的血咒；而血咒的作用，就是強制將這些吸血鬼木乃伊的腦域整合起來，串連供給白氏貴族自由利用——將幻覺攻擊擴大數百倍、甚至數千倍！

這套名為「萬鬼之鬼」的血咒，是在最近兩百年才被白氏貴族研究出基礎來，經過不斷地改進，終於在六十年前達到最佳狀態。由於不論是吸血鬼還是人類，只要還清醒著，其腦波就太活躍難以控制，所以不只是「萬鬼之鬼」血咒本身的發展，吸血鬼的活體長眠技術在科學上的突破發展，也是幫助這套「腦能力作戰系統」得以建立的關鍵。

比起雷達，這套透過古老方式運作的腦能力裝置，搜索範圍更大，也不受限隱形戰機或隱形潛艦上構造的超穎物質❶所影響，只要不是機器自動駕駛的玩意兒，「萬鬼之鬼」一定能找出侵入領域的人腦，加以鎖定、控制。

論威力，絕對比當年的魔王徐福還要猙獰，持續力更以倍計！

□

低調的日本軍事艦艇，就停在由數十萬條鋼鍊構成的「腦能力作戰系統」旁，艦艇甲板中間畫了一個巨大的血咒，所有人都不敢靠近，深怕觸犯禁忌。

一個白衣老者坐在血咒中間，全身浸浴沸騰的汗漿，額上蒸著白氣。

遠處的天空隱隱有風雷之聲，偶爾夾雜著驚天巨響。

老者異常艱辛地抬起頭，睜開千斤壓頂的眼皮，白色的瞳孔裡混濁微弱的光。

「F22戰鬥機果然不同凡響，竟然可以不斷擊殺我飼養在腦中的魔龍。」老者困倦地吐了一口氣，思考著接下來的一步。

「您的幻覺能力超凡入聖，不愧爲白氏五大長老。」一個人類軍官恭敬說道。

「但這樣的能力，卻無法攻破那些高科技戰鬥機所擺出的陣形。」老者摸著自己的心臟。跳得實在是太厲害了，有種要痠出血的痛楚。

戰況緊繃本在意料之內，但來襲的敵人之強，遠超過了老者的估計。

這個老者，名叫白苦。

當一代魔將白魔海叱吒風雲時，白苦才剛剛在腦中飼養第一條龍。

數百年後，專司邊境防禦的白苦已經在自己的腦域裡挖了一個深不見底的黑洞，在裡頭豢養了數十飛龍，還幫牠們添了強壯翅膀，在牠們的肚子裡塞滿了灼熱的地獄岩漿。

只要白苦發揮出百分之百的能力，便能夠一口氣在方圓十公里內，釋放出四十七頭飛龍，若借用這四千個活木乃伊的腦域，就可以將範圍擴大到方圓三十公里，並將飛龍增加到「源源不絕」的一百五十六隻。

這些實際上並不存在的飛龍當然對付不了眞正的機器，因爲機器完全感應不到牠們，但進一步說，機器感測不到這些虛無的飛龍，所以人類也無法仰賴那些尖端科技去殺死赫然出現在他們腦中的怪物。

所謂的幻殺，便是以虛殺實。

儘管怪物對付不了機器，但可以殺死操作機器的人。

只要人一死，戰爭也就結束。

「長老無須多慮，長老爲我們爭取這麼多時間，我們的戰鬥機已經準備就緒，隨時都可以升空將筋疲力竭的敵人給殲滅。」一個人類將領認眞說道。

只要他一個指示，自衛隊的戰鬥機群便立刻起飛，迎擊來襲的 F22。

「……太天眞了。」白苦閉上眼睛。

無論如何，最多，只能再支撐三分鐘。

❶ 超穎物質metamaterial，亦稱「超常介質」。超穎物質最大的特色在於，它與電磁波的交互作用並非決定於它的化學性質，而是決定於它的結構。超穎物質的材料內部結構尺度必須小於電磁波的波長，因此波長愈短的電磁波，所需的超穎物質也就愈難以製造，必須仰賴日新月異的奈米科技。在軍事運用方面，傳統的匿蹤科技是以特殊造形減少雷達波反射面積，並以特殊塗裝材料吸收雷達波，以降低目標曝光的機會。但超穎物質製成的隱形斗篷，則是要讓雷達波「穿過」目標，無法察覺它的存在。（摘引自2006.10.21中國時報）

百里籬

命格：集體格

存活：四百年

徵兆：很妙的命格，宿者不可能只有一人，而是很多人。每個宿主之間與其說有聯繫，不如說根本就是互相纏絆，是彼此枷鎖的關係。命格的能量會將宿主緊緊相拉，扯將不斷，無法逃離對方的監視。

特質：命格會分裂成兩個命格、四個命格、八個命格……無限制慢慢分裂能量出去，而命格就是吃食這些分裂出去的彼此互相感應、羈絆的能量成長，等到能量累積變強，又會繼續分裂。

進化：由於命格的特性是將能量分裂對半，於是難以進化

第332話

雷力呆呆地飛來飛去。

閃的，是自家人的砲火；躲的，是自家人莫名其妙的忽來撞擊。

不知不覺，雷力的臉上竟爬滿了恐懼的淚水。

整片天空，什麼都沒有，只有突然墜機的夥伴。

雷達上，只有自己同伴在橫衝直撞，向不存在的敵人開火。

「雷力你在做什麼！幹嘛都不開火！」布拉克終於注意到雷力的異狀。

「……」雷力什麼話也說不出口。

「是鷹爪砲失靈了嗎？是的話就退到最後線，大夥會保護你！」布拉克的飛機搶在雷力之前，示意雷力後退。

「小心上面！」喬喬大叫，機身往左飄晃。

數不清的惡龍從上方直衝而下，其中三隻立刻逮住三台戰鬥機，再度用同歸於盡的招數，將三台來不及反應的戰鬥機死抱墜海。

其餘被F22戰鬥機敏捷躲開的惡龍群也沒閒著，毫無懼色吞吐著火焰，在戰鬥機陣形的中間大肆攪和，一下子就讓兩台F22被烈焰吞沒，失速落海。

這個強行突襲，讓第五中隊損失慘重。

負責守住右翼的第七中隊、與負責箝制左翼的第六中隊各分了兩架戰鬥機過來支援，將那些擔任神風特攻隊的惡龍困在中央，瞬間殲滅。

「第五中隊！分四台上去雲層最頂端，把躲在死角的惡龍清一清！」第七中隊隊長大叫，指揮若定。

「收到！」

根本無須點名，立刻就有四台戰鬥機仰衝而上，當清除惡龍的敢死隊去。

雲頂吼聲隆隆，流焰四射。

戰鬥白熱化的此時，大家都收到來自第七艦隊指揮部的驚呼：「『雷神之鎚』任務小組請注意，總部要求回報！你們在做什麼！怎麼放棄執行任務，自亂陣腳！」

這該從何說起？

此時一台充當敢死隊的F22戰鬥機從上方失敗摔落，機身旁還有好幾頭對著它噴火的飛龍。那些飛龍的身上，很快也冒出好幾個灼熱的彈孔。

「報告長官，計畫有變，我們在日本海上空遭遇敵人的頑強抵抗！」第六中隊隊長一邊開火，一邊對著通訊器大叫：「對方是長了翅膀的龍，會噴火，數量不明，目前無法估計戰鬥所需的時間。」

「龍？」指揮部愕然。

第五中隊的隊長眨眨滲到睫毛的汗水解釋：「不知何故，雷達無法顯示這些飛龍的存在，也無法進行鎖定！只能用鷹爪砲硬打！大家已經犧牲近半，但也開始掌握訣竅，敵人暫時無法攻破我們的陣式。」

「犧牲近半？……請詳加解釋！」

指揮部完全不知道到底發生了什麼狀況，即使聽了剛剛的說法，也無法理解。

「敵人是龍！」布拉克大叫：「那些日本吸血鬼養了龍！」

「請詳加解釋！」遠方的指揮部還是不了解。

「龍！噴火龍！請求增援！」第六中隊隊長汗流浹背大叫：「我們的鷹爪彈只能再撐一分鐘半了！」

聽到這些歇斯底里同伴的亂叫，雷力忍不住大叫：「請求總部取消任務！立即取消任務減少傷亡！」

這還用說！

一頭霧水的指揮部當然下令解除任務，要所有人立刻飛回第七艦隊回報狀況。

「收到命令，現在由餘機最多的第七中隊殿後，第五、第六中隊依次迴旋離開。」

第七中隊的隊長接命，心中情緒複雜至極：「撤退開始！」

這，不是F22要的戰鬥。

就算敵人是撒旦……F22的任務，也必須將其視同敵人的空軍，徹底抹殺！

什麼事也沒做，只是窮緊張的雷力鬆了一口氣。

不管怎麼說，他再也不想看到同伴無緣無故將戰鬥機衝入海中——那不是英勇戰死，那絕對不是英勇戰死！在搞清楚敵人到底是用什麼方式作戰之前，每一架F22都應該安安穩穩降落在航空母艦的甲板上。

「真不甘心。」布拉克啐。

F22開始變換隊形，第七中隊用毫無節制的強大火力掩護著大家。

□

「新的陣式？」

白苦苦笑，搖搖欲墜的老邁身軀，浸浴在散發異樣氣味的汗霧裡。

甲板上的血咒隱隱震動了一下。

咬破手指，白苦一手指天。

「那麼，一口氣決勝負罷！」

□

正當大家即將撤退，原本就要結束的戰局卻裂了條縫。

尖銳的獸吼聲從極高上空潮湧而來，烈焰腥天，雲海滾滾火紅。

上百條兇惡飛龍破雲而下，像遮蔽天空的蝗潮，兩翼撐開迴旋而落，恐怖至極，猶如聖經裡預告的末日場景，整片天空幾乎都要燒了起來。

任誰看了都要絕望。

「怎辦！」一個戰鬥機飛行員瞪大眼睛。

「到底哪來這麼多怪物？」喬喬的喉嚨乾燥，好像剛氣喘吁吁跑完了十五公里，突然又被通知要再跑十五公里那種感覺。

不過，再十五公里又怎樣？

「這些醜巴怪不讓我們撤退！」第五中隊隊長第一個掉過頭來，大吼：「所有弟兄聽命，齊心合力，將這些怪物全數殲滅再走！」

雷力愣住。

所有的F22全部無視撤退命令，將機頭拉直爬升，朝從上而下的惡龍猛烈開火。

除了雷力，一共還有二十六架F22戰鬥機，沒有一架苟且逃生。

「好耶！這麼多，閉著眼睛都打得中！」一位飛在最上面的弟兄。

布拉克看著著火的機翼，哈哈大笑：「好兄弟們！今晚我們殺光這些怪獸，明晚，我們的同伴將把東京燒成廢墟！」

「求求你們！快點回去！」雷力大叫，看著大家的戰鬥機猛朝一片虛無開火，復又失去操作摔落大海：「快點回去！快點回去艦隊！我們用超音速飛回去，一定可以擺脫任何敵人的！」

雷力的拚命呼喊，被淹沒在滿腔熱血的戰鬥意志裡。

火焰球彈從上暴落，暴落，暴落。

鷹爪機砲從下逆射，逆射，逆射。

瘋狂的惡龍被海宰，滾燙的龍血滂沱雨下，殘破的火焰像煙火。

一架架飛機墜落，一條條飛龍墜落。

「上帝！我的名字，叫喬洛斯迪恩！這就向您報到啦！」

「無論如何，今夜很高興與各位一戰！」

「的確如此，很高興共襄盛舉，與各位一戰！」

「太遺憾了！我們到天堂再計算成績，看看哪個中隊要穿女人的泳裝罷！」

「天堂啊？從這裡上去可說是最捷徑了！我先走一步！」

「熱烈光榮啊！我們在最接近天堂的地方，與來自地獄的魔鬼一戰！」

□

是啊，在最接近天堂的地方，與來自地獄的魔鬼一戰。

如果這個世界在第三次世界大戰後，還有人願意在核子塵埃下記錄歷史。他們會在黑暗的史書裡寫下……

曾經有一群勇敢的飛行員，在面對來自地獄的怪物時依然毫無懼色，並肩作戰，在談笑風生中奉獻他們的生命。

直到最後一刻，他們都相信，正義將獲得最終的勝利。

那夜，星光逆射。

那是人類的勇氣。

□

遠方的大海像一隻擅長沉默的大怪，咀嚼著三大中隊的戰鬥機。

殘破的機體碎片，帶著笑容的屍體。

坐在甲板血咒裡的白苦，一動也不動，維持著一手指天的驕傲姿態。

晚風一吹，他的衣服就像炭紙般脆裂開來。

漸漸地，白苦的身體化成細不可辨的粉末，隨風化散開來。

「恭送長老！」

所有人跪了下來，流下驕傲的淚水。

他們沒有發現，一道憤怒的銀光衝破頭上的天空。

目愣口呆

命格：情緒格

存活：兩百年

徵兆：「沒有想像力」是你最常聽到的話，而事實上你也找不出任何有創意的話去反駁。看不懂卡通，看不懂漫畫，看不懂飽含比喻法的句子，看不懂抽象畫，覺得草書不過是一種喝醉酒狀態亂寫出來的字。

特質：宿主實事求是，是非常客觀的實證主義者，整個人彷彿是木頭刻出來的。但邏輯能力可能非常強。

進化：若能慢慢影響到周遭他人，命格將吃食眾人的「反想像力」，演化成集體格「文化沙漠」。若毫無想像力但過度羨慕他人，有可能演化成「抄而襲之」。

〈續那一夜，我們幹架〉之章

第333話

永遠飽滿生命力的東京街頭上，「川流不息」這四個字突然蒸發。

有那麼一刻，這個城市的人全都無聲以對，數十萬人呆呆站在街頭，抬起頭，看著難以置信的新聞畫面。

在下一瞬間，所有人都拿起了手機，四周陷入一片訊息確認的狂潮裡。

即使是上官，也不由自主打了個寒顫。

——這是何等巨大的瘋狂。

「發生這麼扯的事，看樣子，這裡很快就會成爲世界大戰的第一個戰場了。」上官吐了一口氣，說：「還不快點帶我去找你們家老大？」

賀倒是沒有差別。

因為他的眼前，站了一個比第三次世界大戰還要有魅力的傳說。

「與其煩惱還沒發生的事，不如想想怎麼活過下一秒鐘吧。」賀低首，冷冷說道：「比起可以在街頭恣意妄為的我，綁手綁腳的你能隨意戰鬥嗎？」

「神經病。」上官嗤之以鼻：「我可不是偽善的濫好人。」

「很好。」

？

上官只是眨了個眼，賀的氣息就完全消失了。

賀消失之前，順手切斷了時間。

上官嗅到一股冷冽的金屬氣味。

嗡……

一柄精心打造的鋼質飛刀來到鼻尖，上官的眼睛卻兀自在茫茫人群裡尋找射出飛刀的主人。直到飛刀刀尖幾乎要碰觸到皮膚，上官才微微屈膝，側過身子躲開。

擦。

「……」上官感覺到鼻尖上一陣刺痛，有點血腥的溼潤感。

原以為能夠遊刃有餘地躲開，卻還是受傷了嗎？

「有兩下子。」上官瞇起眼睛。

後面巍巍峨峨晃動的黑影，然後砰地好大一聲，四周路人響起一陣歇斯底里的尖叫。原來剛剛那柄飛刀貫入上官身後胖女人的臉上，直接衝破她的腦袋，搗出一陣稀哩嘩啦。

活生生看到這種恐怖的情景，能叫多大聲，就有多大聲。

賀的氣息隱沒在狂打手機討論新聞的人群裡，完全不見蹤影。

「東京第一飛刀手，原來是個娘娘腔的暗算狂。很好。很好。」

上官喃喃自語，胸口不禁微熱起來。

他素來有絕佳的觀察力，與難以解釋的第六感，對周遭一百多公尺內發生的種種細微動靜，都瞭若指掌。此時感覺不到賀的氣息，想必已退到更遠的地方。

「在正常的戰鬥方式裡，應該判定你逃走了。」上官摸著刺痛的鼻子，左顧右盼：「不過在飛刀對決裡，這個距離，恰恰好。」

！

一道寒芒遠遠從對街左邊，穿越無數尖叫的行人動作的縫隙。

時間彷彿是顆梗塞在堅固石柱之間的巨大圓球，動彈不得。

寒芒經過一名正在確認手機簡訊的中年人眼前，在手機螢幕上留下薄痕。

寒芒經過兩個正在尖叫的上班族之中，削過一個人的左邊眉毛，切開另一個人的粉紅色耳環。

寒芒經過一個拿著冰淇淋甜筒的高中女生，在她滿懷期待伸出舌頭的瞬間，飛刀從舌尖與冰霜間隙一線而過。

氣球，髮簪，雨傘，唇齒，文庫本，眼鏡，耳際，假睫毛……挾帶著精密的計算與強烈的自信，在眾人慌亂動作與尖叫聲的掩護下，賀的奪命飛刀無聲無息殺到！

唯一置身在毀壞的時間齒輪之外的，是上官銳利的瞳孔。

上官，在飛刀進入距離自己一百公尺內的時候，就感覺到它的存在。

「……」上官暗暗吸了一口氣。

每個人使用武器的習慣不一樣。這些習慣並非指武者的武功家數，而是武者在操作兵器上不經意流露出的慣性、癖好、乃至無傷大雅的小動作。這些習慣透露出武者的潛意識，與外顯的個性。

飛刀自不例外。

然而即使能贏，也幾乎沒有人能在實戰中研究起對手是如何使用飛刀的——理由顯而易見：飛刀非常凶險，勝負一線已生死決。

在這個以槍械當作標準配備的現代社會裡，已經越來越難遇到同樣是使用飛刀的高手，漂亮的飛刀對決幾不可見。好敵難求，上官留上了神，本想在飛刀最接近的時候側過臉欣賞那刀從眼前掠過的軌跡，不料飛刀在迫近時忽然加快了末端速度，殺氣暴漲。

「尾勁好！」

上官雙指硬生生夾住刀尖，那刀身的強烈震動感隱約發出低沉的哭鳴。

幾乎在同時，上官夾住飛刀的雙指往後一揮，空氣中爆出一聲金響。

「好！」

上官看著又一柄同時駕到的飛刀，虛晃無力地在半空中盪著，伸手又接。

原來第三柄幾乎突破了上官「第六感雷達」的飛刀，藉著第二柄飛刀的掩護，完全消滅時間差，悄悄來到上官的後腰。若非上官在危急之際乾脆用第二柄飛刀反手砍擊，早就著了道兒。

上官這才看了清楚。

兩柄刀身上，都刻著小小的「賀」字。

「在刀上刻下自己的名字？這麼小氣的舉動，顯然很執著揚名立萬。」上官莞爾。但連續來上這麼兩下，指骨有點微痛。

兩百公尺？三百公尺？還是更遠更遠？

很厲害的準頭，很可怕的勁道，居然可以在那麼遠的地方飆來這麼一刀。

「比起準頭，你拔腿就跑的腳力更了不起。」上官對著飛刀來勢的方向，淡淡說道：「也很聰明……只是跟我說了幾句話的時間，就發現跟我短兵相接，眞拳實腳幹上，絕對沒有勝算。」

上官忍不住興奮起來。

沒有倒數計時的炸藥，沒有等待解救的同伴，沒有命在旦夕的女孩。

有的，只是一場你死我活的戰鬥。

如果這樣都無法享受其中，如何能當死神之名？

「就按照你擅長的方式，彼此狩獵吧。」

上官瞇起眼，消失在人潮裡。

第334話

人來人往的地下鐵，JR山手線。

上野站，即使已過了下班人潮的尖峰期，車站裡的人還是很多。

與其說按捺不住殺意，實際上，賀難掩興奮之情。

這一追一遁之間，賀已經朝上官射出十三柄飛刀，兩人之間的間隔不會超過三百公尺，而每一柄飛刀都像長了眼睛，穿越東京大街擁擠的人群，來到上官的眼前。

而上官……

果然不愧是擁有「最強」稱號的男人，除了賀在最近距離射出的第一柄，其餘每一柄飛刀都被他給輕鬆寫意地接住。

飛刀凶險至極，可以躲，又爲什麼要冒險接住？

應該說是驚世駭俗呢？

還是，那個男人正在炫耀他的強悍？

「但這份過溢的驕傲，將會害死你。」賀冷笑，心中頗不是滋味。

如果賀一心想逃，上官絕對沒辦法追到。

賀刻意讓上官緊跟著自己，那些飛刀就是最好的證據。

說起來難以置信，賀佈局這個對決已經很久很久了。

木匠佩服鐵匠，廚師佩服賽車手，籃球國手佩服足球明星，小說家佩服插畫家；卻很難聽到木匠佩服木匠，廚師稱讚廚師，籃球國手說他崇拜隊上的另一名好手，而小說家說他最景仰的人是另一個小說家。

追根究柢，人與人之間，很容易因爲對方的強項與自己的強項相重疊，產生了比較之心。

一旦自己最得意之處被比了下去，自尊心上的傷口將痛得無以復加……然而可笑的是，當最驕傲的長處遭到了挫折，人們反而很容易露出微笑，淡淡一句：「受傷？不會啦，我覺得還好。」更甚者，甚至會微笑說：「他眞的比較厲害，我只是玩票性質而已。」去掩飾那股挫敗的懊喪。

這股強加上去的笑容，辯解著自己的毫不在意，卻欺騙不了心中的「不是滋味」。而屈辱，就在笑容綻放的次數之間越來越濃厚。

……上官號稱「最強」也就罷了，但上官還有「亞洲第一飛刀」之名，這個名號深深傷害了賀的自尊心。

自己成名在上官之前，也比上官更早使用飛刀，就是論歲數，賀成爲吸血鬼更早於上官，爲什麼大家在談論上官時會說：「上官飛刀，例不虛發。」但是在稱頌自己時，卻只是：「賀的飛刀挺厲害的！」明明兩人就沒有交手過，爲什麼大家對上官的評價，總是凌駕在自己之上？

常常東京十一豺裡出現鬥嘴，賀常常被丟下一句：「對自己的飛刀這麼有信心，爲什麼不去打倒那個叫上官的男人？」

每次聽到這種譏諷，賀都不予回應。等到孤身一人時，便要大開殺戒洩恨。

是的，賀痛恨上官的存在。

那是一種無冤無仇，卻只要一想到，就怒火攻心的嫉妒。

賀在日本等待上官，已經等了太久時間。

爲了這一天，賀已經準備多時。

過去三十年的每一天，賀都在東京各處想像與上官的激戰，在腦海中模擬上官的飛刀，模擬自己的反應，慢慢尋找最有利於自己、最不利於上官的對決環境。

等到上官來到自己精心佈置的擂台，兼之被誘惑只用「飛刀」這一項武器，而不是用上難以估計的「最強」。那麼，傳說將被終結。

這個擂台，一定不能是上官熟悉的。

這個擂台，最好是連最強的好手都難以在第一時間掌握的險境。

這個擂台，就在這裡。

「各位旅客注意，列車即將進站，請不要靠近月台邊以免發生危險。」

懷中的飛刀，還剩下七柄。

藉著人群的掩護，賀迅速、但從容不迫來到月租式置物櫃，拿出鑰匙打開編號D24的櫃子，裡面是早已裝填好一百枚新式飛刀的腰帶，跟一罐尚未開封的愛維養礦泉水。

關上置物櫃，賀一邊走，一邊冷靜地將腰帶掛在身上，轉眼便將礦泉水喝掉半瓶。經過第一個垃圾桶，還沒喝完的礦泉水就給扔掉。

整個東京，不管是山手線、銀座線、日比谷線、千代田線、有樂町線、淺草線還是新宿線等等，整個東京地下鐵的每一站的置物櫃區，都有一個長期被租用的D24號櫃。裡面，都是一模一樣的東西。

別小看了賀拿走的新式飛刀。

每一柄新式飛刀都是用最先進的強化鋼打造，比尋常飛刀還要輕量化百分之六十五，但硬度卻增加百分之五十。在設計上，重量集中在刀刃最前端與最末端，在速度上能飆昇一倍，更別提末端加速的錯覺效果……

如果上官熟悉了前面那十三柄飛刀的速度，那麼……

列車進站，車門打開。

賀踏進電車，轉身，看著在遠處同樣看著自己的上官。

「接下來，你將見識到地獄。」

千里火

命格：天命格

存活：七百年

徵兆：簡單說，火山爆發就是你這種人造成的。你的八字裡所有的宮位都帶火，命中註定要成為火焰的主人。災星，主大凶，在古代天相師若觀測到你的存在，一定會請示皇帝派遣御用獵命師不計代價將你剷除。

特質：能量太過強烈，一鼓作氣爆發將讓滿城陷入火海，因此持續力非常之低。一輩子就是燃燒這麼一次，其後命格便蛹化。

進化：無

第335話

城市的上空，吹著讓人焦躁難耐的強風。

夙——垮！

灰屑滾滾，一面牆就這樣粉碎開來。

大鳳爪的右手還未從滾滾灰煙中抽出，迎接他的，是從右後方來襲的快腿。

「喝啊！」賽門貓連續踢出六腳，全都朝著大鳳爪的下盤攻擊。

蹬！蹬！蹬！**蹬！蹬！蹬！**

大鳳爪漠然承受著足以掃倒猛虎的踢擊，旋腕抓向賽門貓的脖子。

就在一分鐘前，賽門貓才見識過大鳳爪稀鬆平常將手穿進大廈的混凝土裡，直接將鋼筋撕扯出來的誇張「爪力」。這下又來一抓，賽門貓趕緊狼狽一閃。

「逃？」大鳳爪欺身。

變幻莫測的手爪像一條靈活的鞭子，猛地抽打在賽門貓的肩膀上。

賽門貓沉住身體，在極短的距離下一拳擊出：「寸擊！」

在缺乏猛力揮拳的空間中，截拳道的精髓在這一拳裡淋漓盡致展現。

大鳳爪的下腹部重重挨了這一拳，就像一枚鉛球從二十公尺外直接摃中內臟，幾乎可以聽見內臟痛苦收縮的揪唧聲。

趁著這拳，賽門貓用打滾的姿勢逃開了大鳳爪的抓擊。

「……」單膝跪地，賽門貓左手按著右肩。

剛剛被這麼一擰，差點連整條胳臂都給扯了下來。

那痠完全透進了骨頭裡，痲到眼角都滲出淚了。

——真的是，痛到想不顧臉面地大叫。

「再遲半秒，你就得找隻新手接上了。」大鳳爪吐出一口濁氣，緩解內臟的痛苦，說道：「就算名劍遇到我這雙手，照樣擰成廢鐵。」

「嘿。」賽門貓痛到回不了嘴。

爪力，是一種極難練成的硬功夫。

強大的爪力，是腕力與指力的綜合。

腕力是上天賜與的禮物，上天給你多少，你就只能用多少，很難後天鍛鍊。

相反的，卻幾乎沒有人天生就擁有強大指力的例子，頂多是指骨特別細長而已——只有不斷發瘋地苦行訓練，用超過肉體極限的虐待，才能一點一滴熬煮出可貴的指力。

首先，你得將高速行駛的車胎硬生生抓停，將時速三百公里瞬間暫停成零。練到成功那天，你的指甲早就碎過幾百幾千次，從指縫裡滲出的鮮血將漸漸墊厚你的指皮，堅硬你的指甲，讓你可以進行下一階段的訓練。

再來，由動至靜，你得練習將深深埋在水泥裡的鋼釘，一顆一顆拔起來。就算你在睡夢中，也得躺在鑽滿上百鋼釘的磨石子地板上。醒來時，那些鋼釘都不該在原來的位置裡。

經年累月，等到你能夠將牢牢鎖在鋼筋水泥中間的巨大螺絲帽，在一口氣間猛拔出來後，便能由靜至動，挑戰用手指停住直升機螺旋槳的畫面。

當然了，要練到可以隨意抓住直升機螺旋槳的程度，就得將雙手交給J老頭才行。長期用神祕的藍水澆灌在傷痕累累的手指上，讓藍水侵入碎裂的骨頭與斷裂的神經——等到你的手綻放出異樣的神采，打保齡球時根本不必鑽洞，直接將手指插進平滑的球身就可以了。

這就是爪力。

擰！

大樓的中央空調箱爆開，電花四濺。

「我最喜歡捏碎你這種自以爲強、又自以爲有型的垃圾！」

大鳳爪又一掌撩下，純鋼打造的變電箱立刻被五指貫破！

賽門貓在地上打滾躲開，一點想硬接下這招爪擊的念頭都沒有。

「起來！」大鳳爪冷笑，反爪向上一撕。

五條血痕在賽門貓胸前破開。

若對手將爪換成拳頭，同樣是毀掉鋼筋水泥的力量，賽門貓也不會這麼棘手。畢竟拳頭直來直往，接觸是一個拳面，只要一股氣硬挺住便沒事。但爪力就不一樣了。爪力從五根手指、五個方向攢入敵人的身體，是五個破壞點，極難防禦。在同樣力道的發動下，你或許能用身體最堅硬的部分——肩膀，硬捱下重量級拳王的全力一拳；但在面對爪力高手時，卻會被活活抓下半個肩膀。

也許自己挑上的對手，竟是十一豺裡排名最強的一個？

「喂，十一豺裡還有比你強的嗎？」賽門貓問，慢慢找回肩膀正常的感覺。

「你沒資格知道答案。」

彷彿連無形的風都能抓碎，大鳳爪的指力再度貫穿了賽門貓身後的大水塔。

不費吹灰之力撕掉鋼片的模樣，就像小孩子撕掉一張紙那麼輕鬆寫意。

「……」賽門貓躍開，背脊全是冷汗。

身後的水塔爆開，近噸的水狂洩而出。

就在賽門貓往上躍開的時候，削瘦的大鳳爪竟踩上巨大的水瀑，藉力一蹴，後來居上，鬼魅般來到賽門貓的後上方。

又是一爪！

「喝啊！」尚在半空中的賽門貓沒有大意，一彎身，瞄準大鳳爪的手腕一踢。

碰！

命中。

大鳳爪卻沒有放棄這一抓，一手被踢開的同時，另一手斜抓箍住賽門貓的腳踝，眼看就要扯碎他的跟骨。

賽門貓大吃一驚，無暇多想，弓起身子、抬起另一腳膝擊向大鳳爪的臉。

「混蛋！」大鳳爪反射性一甩，將賽門貓狠狠摔向遠方。

這一摔可不輕，賽門貓在空中拋行了二十幾公尺，才撞上某棟屋頂而停止。

咚！塵土飛揚。

賽門貓沒有浪費時間在哀號打滾上，撐著快要散掉的骨頭翻身而起，雙手擺出防禦姿態，腳步輕輕躍動，抖落身上的灰屑。

——截拳道的標準姿態。

大鳳爪像是乘著風，削瘦的身體輕飄飄落下，優雅如一隻漂亮的孔雀。

不忙決勝負，大鳳爪只是整理衣服縐褶，親吻辛苦鍛鍊的手指。

「如果你剛剛直接抓碎我的腳，勝負早就分了。」賽門貓快速吸氣吐氣，在微妙的律動感中，快速回復體力：「看來你很在意你的臉嘛，娘男。」

可惡，剛剛被抓住的右腳，好像受傷了。

「是又怎樣。」大鳳爪自戀地撥撥頭髮，好像附近有狗仔在偷拍似的。

「呿，我絕對不會輸給你這種娘男。」賽門貓很賭爛。

非常非常的賭爛。

第336話

震耳欲聾

橫綱大字形躺在地上，看著劇烈晃動的天花板。

第七次。

第七次了，橫綱用這個屈辱的視角看著世界，天花板上飄著自己發燙的體氣。

但與往常不同，橫綱竟沒有一絲一毫的屈辱感。

從第三次連人帶牆狠狠摔倒後，「想辦法好好站著」這七個字，就變成橫綱眼前的唯一課題，而非將張熙熙給撂倒。

——那顯然不可能。

「在太極的世界裡，胖子，你也許推得倒一棟樓，但你絕對推不倒兩個自己。」張熙熙雙手叉腰，輕喘笑道：「這麼簡單的算術，你應該懂吧？」

「兩個自己？」看著還在晃動的天花板，橫綱若有所思。

「太極至境，柔能克剛。」張熙熙忍不住看著玻璃反射的自己，調整了髮型。

話說回來，「柔能克剛」這四個字，實在是太簡化了武當太極的實戰哲理。

以暴凌弱，是武學眞理。於是兩剛相撞，強者恆強，弱者恆弱。

但柔能克剛之爲武學巔峰的妙著，其妙，並非在以小搏大，而在於其力不絕——己順人背，引進落空，不頂不抗，捨己從人，曲伸開闔聽自由。

而柔能克剛的基礎，絕不是使柔者功力需勝過使剛者而已。

要能靈活運用內力、步伐、體勢、手勁，達到無論如何都能潰散對方重心的境界——使柔者的功力，至少得在使剛者兩倍之上，否則至剛便能反過來踐踏至柔。縱使是綿綿潺水，也能以山崩之力讓其蕩然無存。

達到天下第一剛猛無儔者，縱使至愚，苦勤不輟，無論如何能抵者，有。

但想一窺以柔克剛的世界，若無靈犀天才，就算埋首十年亦難有寸進。

「就算是不小心睡著，也該醒了。」

張熙熙將手中的化妝品新季型錄放回桌上，說：「再來過？」

「也好。」橫綱慢慢翻過身子，重新匯聚氣力。

好不容易看似結束的戰局，氣氛又不同了。

拳一觸地，橫綱的氣勢猶如泰山壓頂，就算只是站在他前面，也會給吹倒。

下一秒，橫綱幾乎用「一頭撞上」的姿勢，朝張熙熙衝來！

「好蠻力，用來打陀螺正好。」

張熙熙在強大的風壓中偏過身子，一腳踩在牆上，一腳凌空毫無借勁之處，姿勢好像在跳舞。

「撞！」橫綱暴吼。

只見張熙熙左手纖細的手指輕輕按住橫綱隆起的肩膀，右手若有似無地貼在橫綱的熊背，左右兩手將黏稠的內力朝肥肉裡埋藏的厚實肌肉裡送。

橫綱如鋼柱般的雙腳，竟像踩了空，踏在雲端上的感覺。

來了！

虎鯊合成人TS-1409-beta撐大眼睛，用他銳利的動態視覺分解張熙熙的動作，只感覺到一股能量在兩者的對決間漩渦開來。

沒人清楚是怎麼回事，橫綱就像一個重心不穩的笨大胖子，居然往衝過來的方向倒摔回去！

這一摔，可不只是倒栽蔥而已，橫綱至少用了十五個狼狽的姿勢，在地上狠狠

撞擊！撞擊！撞擊！撞擊！撞擊！撞擊！撞擊！

幾乎要字體化的巨大撞擊聲中，鮮血與斷牙在走廊上噴濺，一團肥肉隨時都會被這股翻滾力給撕爛似地。好不容易停下來的時候，那肥肉正好倒在虎鯊合成人TS-1409-beta的腳邊。

第八次。

「嘻嘻，這個陀螺壞掉了。」張熙熙輕笑。

……話雖如此，這個大胖子的力量比火車的衝力還驚人，要不是以前常跟怪力王打著玩，還真難應付這個在全身肥油底下塞滿橡膠般肌肉的大力士。

當然了，比起怪力王，躺在地上的只是個嚴重過胖的肥仔。

虎鯊合成人TS-1409-beta看著張熙熙，不自覺地，握起了掛滿倒刺的拳頭。

……從剛剛到現在，張熙熙竟然一滴汗都沒流。

「胖子，站起來，我們一起上。」

第337話

虎鯊合成人TS-1409-beta慢慢拱起身子，光滑的背脊赫然突出兩道鯊鰭。

張熙熙失笑：「一起上？對付一個弱不禁風的女人，你們竟然要一起上？」

「這種話術對我們沒用的。」

感應到張熙熙深不見底的渾厚內力，虎鯊合成人TS-1409-beta咧開大嘴，露出銀光閃閃的尖牙：「我們見過眞正厲害的女人。妳也很強，或許我們加起來還不是妳的對手，但一加一，勝算總是大多了。」

野獸的氣燄。

張熙熙打量虎鯊合成人TS-1409-beta，這頭可怕的嗜血陸行鯊。

根據賽門貓給的資料，這個基因改造怪物強悍的肉體裡藏著深海大虎鯊的基因，嗅覺可以偵測到四百公尺外的血腥氣味；從耳後一直開到腹肌裡旁的側線，可以感覺到水流的細微變化；耳後的巨大腮裂，可以在水裡進行氧氣交換；而人類一直無法完全探知作用的羅蘭氏囊，則安裝在他的腦幹下方，透過它可以感應到周遭生物擾流時所產生的地球磁場變化。

簡單說，鯊魚該有的，虎鯊合成人 TS-1409-beta 一樣也不少。

雖然水裡才是虎鯊合成人 TS-1409-beta 稱霸的天下，但是在陸地上，藉用虎鯊的超級基因，所有原先應用在水裡的器官，也被強化成適合在地面上戰鬥的模式——鼻子如小型雷達般鎖定特殊敵人的氣味，比忍者的跟蹤術還靈；側線可以捕捉敵人招式產生的微妙氣流，瞬間躲過可疑的攻擊；突變的腮裂可以讓虎鯊合成人在極短的時間內進行巨量的換氣，無間斷連續攻擊的狠勁任誰也招架不了；而神祕的羅蘭氏囊，則可以偵測到敵人微妙的能量變化……所謂的能量，當然包括了內力。

對張熙熙來說，以上種種接近怪力亂神的惡搞基因，都不是問題。

問題是，對於與這麼畸形的怪物戰鬥，實在不是張熙熙想嘗試的菜。

萬一被這麼醜的東西給割傷了，難保不會感染破傷風。

受傷，一向是張熙熙最深惡痛絕的。

有人說，張熙熙跟她的老大上官之間最大的強弱差異，就是上官對身負重傷這種事是家常便飯，而張熙熙則是強烈反對。

張熙熙看著兀自喘息的橫綱，又看看虎鯊合成人TS-1409-beta，心中暗歎一口氣——這下子，大概要出一點汗了吧。

「死一邊去，你這個只知道戰鬥，沒半分尊嚴的怪物。」

躺在地上，橫綱兩隻腳高高晃起，一甩，一百八十度將世界翻了回來。

這個姿勢只支持了一秒，立刻因爲頭暈目眩又半摔在地。橫綱奮力掙扎，從半毀的大理石地板上踉蹌撐起身子，搖搖頭，伸手將歪掉的紫色鼻子扯回原位。

瘀青的鼻孔涎下一絲黏稠的黑血，直垂到地板上。

力士的驕傲，凌駕在吸血鬼的任務上。

「……」虎鯊合成人TS-1409-beta也沒生氣，後退了一步，只是感到不解。

他的基因裡混雜了虎鯊的基因，一切講究實事求是的攻擊與攻擊，戰勝時絕不饒恕敵人，打鬥時絕不講究倫理道德，如果發現打不過也絕對不戀棧。所以，TS-1409-beta特別不能理解人類或吸血鬼對「殺死對方之外」的特殊想法。

橫綱拍拍自己的臉，吐出一顆帶血的斷牙。

抬起腳，紮了一個固若磐石的馬步。

「我每天都要吃十個人。」

橫綱瞪著三個一下子重疊、一下子分開的張熙熙。

「喔。」

「不管好人，壞人，男人，女人，我每天就是要吃足十個人。」

橫綱再度拍拍臉，那掌力拍得雙頰紅腫起來，也拍出了響亮的鼻血。

「我算術不好，但大概也吃了幾十萬個人吧。總之，那些人不能白白死掉，我的戰鬥裡，肩負著他們的靈魂。」橫綱散發出與他傷勢相稱的鬥氣，信誓旦旦說道：「他們的犧牲茁壯了我的強悍，爲了他們，我絕對不會認輸。」

張熙熙聽了哈哈大笑，笑得可歡暢了。

「哈哈哈哈哈，連這種理由都可以拿來戰鬥，胖子，你胖到腦神經都萎縮了！」張熙熙拍拍手，幾乎要笑出眼淚了。

橫綱有點惱火，這可是他剛剛躺在地上，好不容易湊想出來的熱血句子，沒想到一說出口，就遭到無情的嘲笑。

「笑什麼！」橫綱怒吼，慢慢地走向前，巨大如猩猩的雙手拍著空氣：「我不撞妳了，我用張手掌死妳。女人，妳要有腦漿從鼻孔噴出來的覺悟。」

橫綱慢慢、慢慢、慢慢走到張熙熙面前，只有兩步的距離。

這是一個多滑稽的畫面，一個將走廊塞住的巨人，一個身材曼妙的輕熟女。

張熙熙還是捧著肚子笑個不停，什麼架式都沒擺好。

自找的。

「力拔山河——百張手!!」橫綱暴斥，氣勢如虹。

虎鯊合成人TS-1409-beta瞪大了眼睛。

百張手？

大概只有一個……還是兩個張手吧？

橫綱兩眼翻白，溫馴地雙膝跪下，溫馴地趴在地上，溫馴地熟睡。

像是什麼事也沒發生過，張熙熙抬起腳，慢慢踩上橫綱如同巨大果凍般的軟軟身軀，像是在登一座土質會滑動的小山。

虎鯊合成人TS-1409-beta看著張熙熙踩在他的夥伴身上，同樣很奇妙地，也沒有一絲一毫屈辱的感覺。

剛剛發生了什麼事，到底張熙熙做了什麼讓橫綱倒下，虎鯊合成人TS-1409-beta該死的全都沒有看見。沒有看見沒有看見沒有看見沒有看見沒有看見……

只是裝置在腦幹下方的羅蘭氏體明顯感應到，在橫綱使出「百張手」的瞬間，有一股難以想像、幾乎可以用「浩瀚」形容的內力能量，一驟而逝。

「還要打嗎？」

張熙熙彎下腰，雙手插在臀上，全身都是空隙。

「不打了。」虎鯊合成人TS-1409-beta斬釘截鐵。

「大老遠趕過來，不打，交代得過去嗎？」張熙熙眨眨眼。

「不打了，打不過。」虎鯊合成人TS-1409-beta據實以告：「我可以將這個胖子抬走，也算馬馬虎虎。」

張熙熙將頸子上的一滴汗，唯一的一滴汗揩下，輕輕一彈，彈到虎鯊合成人TS-1409-beta的鼻尖上。

「嘻嘻，那就好。」張熙熙嘉許地說，看了看手錶。

少了一個敵人，多了很多時間。

那麼，應該可以再逛逛百貨公司的其他樓層吧？

一百天的雨

命格：集體格

存活：七百年

徵兆：當你傷心欲絕時，就觸動此命格脫離蛹化狀態，令天下起綿綿無絕期的大雨，下到讓人絕望，下到讓人麻木。

特質：同千里火，是能量異常恐怖的災星。非常強大的命格，你的出現幾乎會招致一個城市乃至一個國家的滅亡，不同者，惟此水系的大災星並非一口氣大爆發召來海水倒灌，而是持續力奇強地改變天氣，下足一百天的大雨。

進化：幾乎是天命格的能量形態

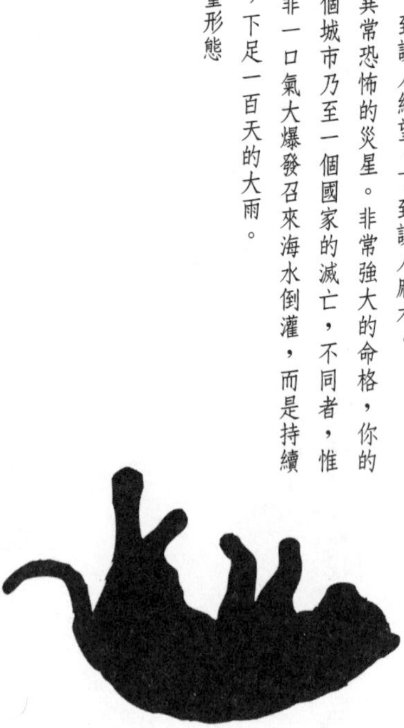

第338話

苦練以攻擊爲主的「截拳道」，賽門貓這下吃足了苦頭。

交手了一百八十招裡，竟有一百五十幾招是以守代攻。

就算是攻，也全是鎖定大鳳爪下盤的踢擊……因爲如果讓拳腳走上路，被大鳳爪的怪爪給逮到，那就嗚呼哀哉。這種大打折扣的攻擊模式，讓截拳道最強的「寸擊」等同被強制封印。

儘管右腳踝受了傷，但奢望總是能在完美的狀態下進行戰鬥，肯定是太幼稚。踩著受傷的右腳，賽門貓還是不停地躍動，躍動，躍動，保持極佳的律動感，狀況慢慢催到頂尖。

然而賽門貓實在無法不去想，自己竟然會在全力以赴下打輸一個娘男。

鮮血四濺！

賽門貓的臉多出四條血痕，指力所至，頰骨上的瘦勁讓他的鼻腔湧出酸水。

大鳳爪吸吮著指尖上的鮮血，好像小孩子貪婪地舔著蛋糕上的櫻桃糖漿。

「噁心！」賽門貓怒極，猛力揮出一拳。

「這樣是打不到我的。」大鳳爪隨意避開，這簡直比慢動作還慢動作。又撥了一下頭髮，有點遺憾現在的帥樣沒別人看到。

「是嗎！」賽門貓又是虎虎生風的一拳。

「憑著這點蠻力，就想大鬧東京？」大鳳爪毫不迴避，輕輕鬆鬆伸掌就抓。

像賽門貓那種以腰、腿、胯、肩節節相推順勢湧出的「長勁」做爲發力的拳頭，大鳳爪根本不怕。拳行的軌跡太長、看得太清楚，大鳳爪可以直接硬碰硬，抓碎這樣的拳頭；就算不小心被打到，也是由身體最堅硬的骨骼去承受，說眞格的，那點感覺實在說不上是痛。

但講究「入裡透內」、在極短距離內將震盪力發揮到極致的「短勁」，百分之百都是在近身戰挨到——那可是會連胃酸都一起給打吐出來的攪勁。剛剛大鳳爪被捶了個這麼一拳，到現在下腹都還隱隱發疼。

但無所謂了，去死吧，不會再讓你有這種機會了。

大鳳爪很久沒有遇上對手。

儘管只是這種等級的對手。

感覺起來，這個自以為型男的傢伙，成為吸血鬼應該不滿二十年，但是從他先前鑽進自己內臟的那一拳來看，這個小夥子的潛力無可限量。

必須，趁現在就毀了他！

喀喀喀喀喀喀……空氣中爆出一連串怪異的裂響。

「告訴你一個壞消息，我還未施展我的全力。」大鳳爪冷淡地說，雙手手腕輕輕彎折，自由柔軟著千錘百鍊的指節，道：「接下來的一分鐘，你會被拆成碎片而死。」

這不是恐嚇。

這是死亡宣言。

「如果是這樣的話……」賽門貓持續躍動，腳步不斷錯開與大鳳爪之間的距離，說：「沒辦法了，我也只好拿出還沒完成的招式。」

「眞有這種招式，剛剛爲什麼不拿出來？」大鳳爪冷笑，撥了一下隨風飄逸的頭髮。遊刃有餘的樣子絕對最帥——絕對。

大鳳爪雙手手指在月光的照射下隱隱發藍，青色的血管膨脹、快速顫動。

好久沒有把指力催化到最強了，殺了這傢伙後，大概連雞蛋都拿不穩了吧。

而賽門貓的躍動突然加速，好像瞬間提升了三個檔次的頻率，與強度。

不，那已經不是躍動了——還要更快！

那不斷上下晃動的模樣，就像一個失去聲音的鬧鐘原地震動的感覺。

「這種程度的把戲，是打不贏我的。」大鳳爪不以爲意，捏緊拳頭，鬆開。

不對。

賽門貓的躍動速度不大對勁。

震動　躍動　震動　擺動　跳動　震動

震動　震動　跳動　震動　躍動　震動　震動　晃動

左右移動　左右震動　前後前後前後　閃

震動　震動　震動　閃動　震動　震動

大鳳爪看傻了眼，一時之間竟不知如何攻擊起。

不是殘像。

至少，不是優香在使出「忍術櫻殺」時所用的那種殘像。

那些不停晃動震動躍動移動的賽門貓，並非出現一大堆虛虛實實的殘影，而是一種無法掌握的……位置確定感？……應該是這麼形容的嗎？

位置確定感？

大鳳爪眼睛牢牢盯著不停震動的賽門貓，竟有種恍神的迷離，明明敵人就在那裡，卻又感到不可捉摸，好像對敵人與自己之間距離的「觀念」突然支離破碎了。

「看過精武門嗎？」不斷錯亂位置的賽門貓說。

「那是什麼？」大鳳爪的額上沁出一滴冷汗。

一瞬間，大鳳爪完全迷惘了，到底……

「真可惜，今天沒有匾額要你吃下去！」

突然，大鳳爪完全清醒了，一枚鉛球直接摔在他的五臟六腑上。

摔得大鳳爪彎下了驕傲的身軀，嘴巴張得老大。

賽門貓的寸擊得售，拳眼上彷彿還冒著白氣。

這是老祖宗李小龍在夢想中完成的超境界。

「截拳眞義——迷蹤拳。」

星星相硬

命格：集體格

存活：一百二十年

徵兆：追星族是你的兼差與人生最大的樂趣，每天都得查詢喜歡歌手的巡迴簽唱會行程，晚上睡覺才能安心。每天晚上從五份報紙上剪下偶像的所有報導，讓辛苦工作一天的你露出欣慰的笑容。演唱會？搖滾區就是你的戰鬥位置！

特質：積極上的意義，便是透過欣賞偶像的行為當作自己人生的座標參考。消極上的意義，便是需要藉助崇拜偶像才能安定自己的人生。其實沒什麼不好，每個人的自我都有寂寞的時候。

進化：眾月拱星、逢龍遇虎

第339話

這裡是現實世界。

敢在亞洲第一大城東京動手，就不能奢望沒人看見。

這條街上數百名公寓住戶，全都冒險打開了窗戶，往下竊看這場難以置信的超現實戰鬥。像是畏懼打擾戰鬥的節奏，更像是畏懼戰鬥因受打擾而提前結束，這些住戶在窗後的議論紛紛全都壓低了聲音。

一道森然白光在四周建物上彈來彈去，不斷加速它的速度，與修正攻擊角度。

而一個穿著綠色唐裝的男子，鎮定地招架那道陰魂不散的白光，雖然他也很會跑很會跳，但終究還是快不過那道死咬不放的白光。

喀！

「哎呦，怎麼你的血有點臭啊？」空氣中響起訕笑聲，並刮起一陣血霧。

「臭三八！」男子破口大罵，一掌劈出，卻只劈中了白光彈走的影子。

乍看之下，那道森然白光之快，簡直是同一時間從四面八方朝該名男子撲擊。而那男子的動作雖然俐落，卻遠遠沒有那道白光迅猛，每一次白光接近男子，就會在男子的身上留下皮開肉綻的可怕傷口。

但說也奇怪，那道白光始終沒有辦法將那男子一鼓作氣掄倒。

「再來啊！」那中年男子，自然是螳螂拳的超級高手，唐郎。

「哎呦，哪有這樣催人家的！」東京十一豺裡最不愛穿衣服的，冬子。

不知何時，在上頭公寓開窗圍觀的群眾耐不住沉默，終於鼓譟起來。

「喂，不可能吧？」「那個女人跳起來……比我眼睛轉的速度還快？」

「哥，這是在拍電影嗎？」「我怎麼知道？噓。」

「你有聽到那一腳踢到燈柱，發出的聲音嗎？」「那腳踢得我背都冷了。」

「太誇張了，就算是特技演員，能夠做到那個樣子嗎？」「一定會出人命。」

「我說，他們應該是嗑了藥吧？」「有那種藥嗎？」「沒有嗎？」

離奇的是，這些人沒有一個想到要打電話報警，反而難掩興奮之情，拿起家庭攝影機與數位相機，從窗縫中記錄他們此生看過最扯的一場街頭格鬥。

也只有這些人，能夠忽視世界大戰開打在即，忘情地欣賞這些畫面。

此時唐郎提氣跳到剛剛被自己打彎的路燈上，凝力不動。

蓄勁，蓄勢，蓄神，那姿態就像一隻被凝困在琥珀樹脂裡的螳螂。

白光高速躍空，衝向唐郎背脊。

「夠了。」唐郎一反掌，拍倒。

白光轟隆撞上停在路邊的車，碎了擋風玻璃，整個人亂七八糟塞了進去。

嗡嗡嗡嗡嗡嗡嗡……警報器嗡嗡叭響，讓這場公開打架多了難聽的配樂。

「喂！那是我的車！你們兩個誰賠啊！」一個中年大叔扯開窗子大叫。

唐郎從口袋裡掏出一枚五十元新台幣銅板，隨手扔向那窗子，啪答一聲黏在中年大叔的額頭上。這個動作引起了滿街的大笑與掌聲。

兀自躺在碎玻璃裡披頭散髮，冬子笑嘻嘻舔著嘴角的鮮血，似乎還不想動。

「妳的攻擊很快又很猛，幾乎不可能完全防禦。」唐郎蹲在彎曲的路燈上，食指指著兩腿開開、大剌剌用陰部對著他的冬子，罵道：「但聽好，妳這個不要臉的女人，妳的攻擊實在是太單調了，就跟妳令我倒盡胃口的裸體一樣，再來幾次我都可以把妳巴走。」

冬子的胸部，出現了瘀青掌痕。

「哎呦，別猴急，玩弄食物只是我的前戲。」冬子嘻嘻笑，摸著胸口掌痕。

剛剛那一鉤掌，撞得冬子快要吐了。

起初還不以爲意，但漸漸，那一掌的殘勁竟在胸口沉澱起來，好像在心口塞了一塊無法消解的大鐵錨，將冬子的身子越拉越沉重，越拉，越往海底去。

如果換成別的東西，那一鉤掌也足以將整台坦克車掀了兩圈吧？

「起來！」唐郎握握滾燙通紅的手掌。

「哎呦，就快起來了！」

但冬子說歸說，還是沒有爬起來的意思，兩腿掛在碎開的擋風玻璃上，兩手抓揉著激凸的大胸部，旁若無人地自爽——如果有人不了解什麼叫沒氣質，那麼，現在這個畫面就是了。

此時戰鬥陷入僵局，滿街的觀眾全都面紅耳赤，等待唐郎怎麼繼續下去。

要唐郎自己跳下去狂扁這女人，好像也不是很對……要揍哪裡啊？

但如果就這樣乾耗下去，這又算什麼對決？根本就是白白丟人現眼。

「女人，還打不打！」

「哎呦，當然是打！」

「要打就快！」

「哎呦，剛剛那一下好疼，一時之間翻不上身了呀。」

「臭三八！」唐郎氣得大拍腳底下的燈柱，燈柱劇烈震動：「好不容易挑了東京十一豺，其他人現在應該打得很熱血，很激昂吧？說不定連張熙熙都可能掛了彩？爲什麼我偏偏遇到的是這種賤女人！」

唐郎的怒氣似乎不是針對冬子，而是抱怨自己的手氣太差。

這個女人不是東京十一豺裡實力最爛的，就是腦袋最差的，不過就是一隻發騷的爛吸血鬼，就算打贏了也沒什麼好說嘴。

此時，唐郎聽見尖銳的手機鈴聲。

打開窗戶的大家全都用眼神彼此質疑手機聲的來源，你看我，我看你，但看來看去，就是沒有人接起電話，讓討厭的鈴聲消失。

只見冬子兩腿開開，笑嘻嘻從黏稠的陰部拿出手機，還沒等冬子要說什麼，唐郎霍然站起。

「不打了！」唐郎發狂。

在兩條街的目瞪口呆中，飛簷走壁閃人了。

第340話

碰！

「這裡是肝臟。」

賽門貓的拳頭衝過爪與爪的縫隙，刺進大鳳爪的右乳下方四公分處，也就是第五肋骨到第六肋骨之間的位置。拳勁在寸許間的推進，將爆發性的內力全鑽進大鳳爪的肝臟。

「嗚！」

大鳳爪眼前一白，足以削斷三條鋼筋的力量攻下他身體最脆弱的部分。

看著地板乾嘔，嘴裡全是酸燙的氣味。

大鳳爪歪斜著身體，發狠朝「大概在那裡」的賽門貓一抓。

……只抓到一點衣服的觸感。

「還是肝臟。」

賽門貓背脊飆著冷汗，在交錯的瞬間一拳又中。

又中，大鳳爪的雙腳離地，卻也沒辦法順勢卸掉些許拳勁。

「竟然——!!」

那股痛楚，精準重複在上一拳的落處，痛上加痛！

傳承自詠春拳的截拳道，強調的是協調、放鬆、自然，越是放鬆越能得到強大的瞬間爆發力。而截拳道的寸勁以全身體重為基礎，分為木形、火形與水形。木形的固定力大，將力滲透到敵人體內的時間最長；火形像是用彈射的方式發勁，原理如同鞭子，是用慣性與肌肉的反彈力發動；而水形，則是最完整的寸勁表現——完全放鬆，百分之百瞬間滲透進敵人的五臟六腑。

而寸擊最優異之處，就是在一擊得手後能以最快速的時間恢復平衡，即使打落空了、打偏了也沒有影響，迅速重建攻擊姿勢。

「混帳！不要躲躲閃閃！」大鳳爪掌心朝天，一踏步，往上鉤抓。

這一次連衣服都沒沾到，反而露出身體的大破綻。

「還是肝臟。」

碰!!

大鳳爪的右胸下方隱隱出現一個拳印，冒出激動的白煙。

賽門貓一挨近便揍，一揍離手。

大鳳爪的表情猙獰扭曲，身體更加歪斜。

「肝臟！」

「肝臟！」

「肝臟！」

「肝臟！」

肝臟是人體最大，也是功能最複雜的器官，一旦遭到外力攻擊，將迅速削弱持續力與感知力，降低動作的反應。職業拳擊手在近身互毆時，鎖定肝臟密集攻擊，有時甚至會出現對手死亡的終局。

「嗚！」大鳳爪往前一抓，但是完全撈錯方向。

「還是肝臟！」賽門貓一拳彈出擊中腹部。

拳勁閃電往上滲透，一路經過膽囊，最後照樣在肝臟處爆炸。

「……」大鳳爪吐出膽汁，身體縮了起來，像醉酒一樣撞上大樓水塔。

賽門貓沒有積極搶攻，依舊保持奇妙的不規則律動感，燒熱他的拳頭。

迷蹤拳不是魔術，也不是咒術，沒有辦法製造虛實不定的殘影，而是一種藉由在周身半公尺到一公尺之間高速震動晃動移動身體，藉著「共律感」去控制敵人的心跳，產生類似催眠效果的一種實戰身法。

要維持這種身法需要非常強的肌肉耐力，只要一分鐘，肌肉束就會嚴重裂損。上次賽門貓試著用迷蹤拳跟唐郎過招，隔天醒來幾乎無法動彈。

「你絕對沒辦法支撐太久的！被我逮到你就完蛋！」大鳳爪怒吼，露出尖銳的犬齒，發出藍光的雙手朝四面八方一陣狂抓，空氣中暴起一長串高速的裂破聲。

既然視覺已被迷惑，乾脆用無差別的瘋狂攻擊取代防守。

「在撕掉你之前，我一定會咬破你的喉嚨！讓你嚐嚐第二次被咬的滋味！」大鳳爪咆哮，又抓，又抓，又抓。

「肝臟！」

「肝臟！」

「肝臟！」

連續交錯的三擊，從前面、側面、後側面襲擊肝臟，揍得大鳳爪五官變形。

「活了幾百年，難道沒撥一點時間看漫畫嗎？這個時候應該靜下來，用什麼心眼來著吧？」賽門貓的聲音也忽遠忽近，突然：「對了……」

碰！

歪斜著身體，大鳳爪將眼睛瞪到極限，嘴角濺出苦腥味十足的膽汁。

第341話

這一擊超過之前所有的肝臟攻擊，強大的衝擊勁將大鳳爪往地上摔去。

身經百戰的大鳳爪在倒地前，順手在水泥地上抓了一把，朝後面扔了出去。

破碎的水泥粒跟岩彈沒兩樣，嚇阻了賽門貓的追擊。

大鳳爪不是愚武之輩，外表狼狽，但他的心卻逐漸冷靜。

那種近距離的突刺，根本沒辦法掌握。

但不管是用什麼技巧製造出距離錯位感，攻擊的時候總會有瞬間定格住的實體——

這樣想準沒錯！混帳！一定可以在那一瞬間逮到他！

既然他一直鎖定肝臟攻擊，那麼下一記就在右胸前抓住他吧！

一抓住，就直接擰斷他的手！

挺著快要爆破的內臟立刻站了起來，大鳳爪有了覺悟。

不同於外力打擊，所有的寸勁攻擊都會累積，累積在內臟的深處。累積到即使強如吸血鬼的體質，也得好好療傷幾天。如果再挨上個幾拳，不管是誰都會被打昏。

注意力集中，集中……

賽門貓的迷蹤步伐越來越快，那種擾人心魄的暈眩感越來越重。

不過，一切都要結束了。

就在下一擊。

賽門貓的氣息忽然挨近。

大鳳爪雙手預備，血筋暴現。

「下巴。」

……下巴？

原本護住肝臟部位大鳳爪一個遲疑，身體有些僵硬。

這一遲疑，讓一枚重達七十八公斤的鏈球狠狠摔在他赤裸裸的肝臟上。

「白癡。」

賽門貓的眼睛，順著停在腹部下方的左拳，看著斜斜摔出去的大鳳爪。

拳上，還冒著餘震的強氣。

眼前有點模糊，賽門貓的小腿像是灌了鉛塊，重得無法再跳一下。

碰!!

大鳳爪撞上牆，寸勁從他的背脊鑽出，將身後的牆崩裂泰半。

「……」大鳳爪靠坐在裂開的牆上，只差一點就會順勢翻下樓去。

他的胸下側冒著焦煙，痛苦到沒半分氣力哀號。

不再有見鬼的「位置不確定感」，披頭散髮的大鳳爪總算看清楚了賽門貓。

而賽門貓竟不需要自己動手，就屈膝倒在地上，臉色蒼白。

「夠了，我到極限了。」賽門貓氣喘吁吁。

要不是剛剛被抓過一次腳，裂傷了腳踝，應該還能持續一分鐘以上的迷蹤拳吧？算了，這表示自己還需要刻苦鍛鍊。

至於這個娘男……雖然暫時死不了，但大概要去動個肝臟移植手術了吧。

只見大鳳爪站了起來。這一動，身後碎裂的牆石掉了大半下去。

「很痛。」大鳳爪一手擦去嘴角的膽汁，一手按著快要裂開的胸側。

……沒有手，去撥他該死的飄逸頭髮。

賽門貓瞪著這一幕。

難道剛剛那幾下肝臟攻擊，全部都沒有效嗎？

「怪物……」賽門貓按摩小腿，試著把僵硬的肌肉拉扯開來。

這下死定了，再打下去只有丟人現眼的份。

「告訴你，從來沒有人敢……嘔！」大鳳爪目露凶光。

說到一半，大鳳爪臉色一變，突然從嘴裡又吐出一大堆綠色的膽汁。

「好臭。」賽門貓也搖搖晃晃站了起來，嘴裡卻多了根菸。

「殺了……你……嘔！就沒人知道……嘔！」大鳳爪怒不可遏，嘴裡甩著膽汁與酸水，一爪飆出銳利的藍風。

兩人之間距離瞬間消失。

「臭得要命。」賽門貓自信滿滿，一手伸進皮衣裡，想要掏出打火機。

眼睛，隱隱瞥著什麼。

幾乎睜不開眼，大鳳爪的猛爪籠罩在賽門貓的頭頂上，退無可退。

賽門貓看著大鳳爪的身後，大叫。

「就是現在！」

就是現在？

大鳳爪反射性迴身，往虛空無一物之處，掄上一爪。

賽門貓從懷裡擲出一件黝黑的物事。

「！」大鳳爪回過頭來，一見那黝黑物事，伸手便抓。

賽門貓往後一躍，那是他僅存的力量。

轟！

兇猛的能量在大鳳爪的掌中快速爆炸開來。

大鳳爪及時閉上眼睛，將那團喧囂的火焰丟到城市上空。

空氣裡的氧氣大量消耗，巨大的火焰噴漩在高空，發出震耳欲聾的咆哮聲。

大鳳爪緩緩睜開眼睛。

「……燒夷彈？」大鳳爪看著掌中的烈火，狠狠將其捏碎，殘焰敗散。

藉著火遁，拚命逃跑的賽門貓已站在隔壁的隔壁的隔壁的大樓樓頂。

受了嚴重內傷的大鳳爪，是不可能再追上賽門貓的了。

「你有沒有一點武術家的自覺！」大鳳爪大聲吼道，還不忘撥個頭髮……不，已經沒剩多少頭髮了。剛剛的大火燒掉了太多東西。

「隨便你怎麼說。」賽門貓吹熄肩膀上的殘火，按摩著快要散開來的兩腿，大聲回應：「這是眞實戰鬥，如果身邊有火箭砲，我也會毫不猶豫扛起來。」

大鳳爪大吼：「狡辯！輸不起的傢伙！」猛然又嘔出一口酸液。

「說得好，我就是輸不起也想要戰鬥的男人。」

賽門貓遠遠站著，戴上墨鏡。

絕對無雙

命格：修煉格

存活：五百年

徵兆：堅定的戰鬥意志將貫徹在你的肉體武力上，命格的能量有時連一般人的肉眼都看得出來，呈現淡淡火形。宿主在瘋狂的招式中擁有極佳的冷靜，能在百萬軍將中豪取敵首，生出生入如履無人之境。

特質：每個招式都強化到三倍以上，關鍵時刻的大絕招將湧出平時最佳狀態的十幾倍，而敵人將無法躲開你的硬拚之技，須以真力當之。

進化：居爾一拳。

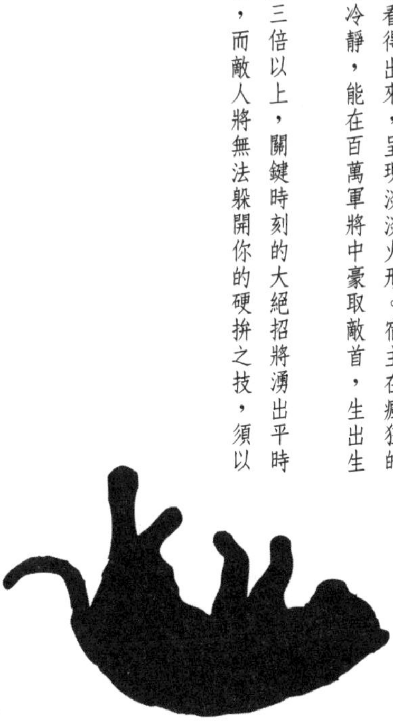

第342話

電車上，人擠人，卻沒有一點人的朝氣。

剛下班的歡愉早就過期了，剛下課的歡愉也已過期了，不論是兢兢業業一整天、還是無所事事一整天的人，到了這個時候都會感到迷惘，沒有分別。

所有人的眼神都充滿了困倦。

該醒醒了。

賀打開手機，撥了通電話到特別V組。

「密碼7744JHK468，這是來自十一豺的命令。老規矩，聽好了。從現在起JR山手線全都過站不停，所有列車需用比平常還要快一倍的速度行駛，關鍵是——電車到南十六．八公里處立刻來一個緊急煞車。之後等待我的命令。」

「是，知道了。」

賀掛上電話。

……在車門關上的瞬間，他看見上官走進最後一節車廂。

但上官卻一點也沒有意思要走到這裡決死，敢情是猜到自己想做什麼。

那樣很好。

賀看著一個御宅族背後的玻璃。

列車過彎。

賀一腳踢破玻璃，在所有人都來不及反應的時候，翻身上了列車頂部。

地下鐵列車頂部距離隧道上方只有一百五十公分高，若是直挺挺站著，肯定被隧道上壁削掉腦袋。在這麼窄小的空間戰鬥，得往前彎著身子，或是蹲著，或是匍匐，總之

——

「這不是王者習慣的戰鬥姿勢。」

賀蹲在列車上，左手扣著四柄舊飛刀，右手扣著三柄舊飛刀……外加一柄剛剛才拿到手的新式飛刀。

巨大的隆隆聲將耳膜震到極致，污濁的空氣帶著煤焦味，悶吹的風從背後拍壓著賀的背脊，昏暗的彎曲隧道將時間感壓成碎裂，腳底下不斷傳來鐵皮震動的滑動感。待在這麼惡劣的地方，聽覺、嗅覺、觸覺、視覺，乃至平衡感全都大打折扣，光是好好彎站在車頂上就是一件很吃力的事。

不過這些對賀來說，都不算什麼。

每個月，他總要來上這麼一次。

沒有人比賀更了解什麼時候電車會轉彎，什麼時候會突然加速。

順風，逆風。

精心佈局。

距此五節車廂外的車頂，不知何時也多了一個人影。

一個額頭上，擁有青色刀疤的傳說。

距離三十五公尺。

「看來，你找了一個很適合駝子戰鬥的地方。」上官大聲說。強大的逆風沒有阻擋上官的聲音，也沒有將他的眼睛壓闔。

「隨便你怎麼說。」賀亮出左右手各四枚飛刀：「我們會在這裡戰鬥，全都是你太自負的結果。上官，這是你好強的本能，但——到此爲止了！」

上官笑了。

「哈哈哈哈哈哈！我是很好強，那我們就在這個爛地方將彼此釘成蜂窩吧！」上官迎著風，左右兩手，抓著從賀那邊奪取來的十二柄飛刀。

還有三秒。

「只要是活的，就會死。」賀冷冷說道：「會死的東西，就不必怕。」

「如雷貫耳。」上官微笑。

電車向右！

順風，賀的雙手直舉向前，手中已無飛刀，只剩殘餘的流光。

逆風，上官雙手一揚，銀光乍洩。

好快！

賀的瞳孔縮成一個小得不能再小的點。

看著來襲的銀光軌跡，一口氣，上官竟將十二柄飛刀全射了出來。

絕對無法全部躲過，賀也不打算躲過任何一柄……

如同在腦中模擬過數百次的死鬥計畫，賀側過身體，將迎接上官飛刀的面積降到最低，挺起右手，縮緊下巴，一個踏步穩住，任由上官的飛刀狠狠貫入自己的右手臂。

七柄飛刀射入前方的黑暗，五柄飛刀全釘在賀的右手上。

但賀的左手裡，瞬間又扣著四柄飛刀，重建攻擊的姿態。

好快！

八柄飛刀來到上官的面前，比起剛剛接下的十二柄，這八柄飛刀竟又更快。

絕對無法躲過，於是——

「接起來好了。」上官灼熱的眼神，雙手在空中摸了一把。

不愧是價值連城的第一快手，七柄飛刀盡數摸在上官的雙手裡。

但第八柄飛刀，卻在最後關頭脫離了隊伍，以極快的加速度刺進了上官的胸口，那極沉的動能在上官的胸口裡作用了一下，將上官的步伐往後略略一震。

「眞有心思的一擊。」上官暗讚。左手三，右手四。

「今天要你死在這裡！」賀的左手飛刀又出。快上加快的八。

順風，逆風。

距離三十五。

命兩條。

上官再度接住所有的飛刀。

賀再度用右手擋下來擊的飛刀。

銀光順流逆流。

上官再度擲出所有被接住的飛刀。

賀再度用右手擋下所有去又復返的飛刀。

銀光順流逆流。

16.8KM。

列車猛然煞車，上官的身軀抵受不住反作用力，被狠狠往前一拋。

距離，瞬間被扯進短短的十二公尺。

刀，無限。

賀暴吼。

「絕對距離！」

第343話

滿桌子的蛋糕空盤。

「阿海……不，臭阿海，我們這樣子混，真的沒關係嗎？」聖耀囁嚅地說。

「你打架很強嗎？」阿海將日幣大鈔捲起，在末端點火，假裝抽菸。

這個動作引來臨桌客人的側目，與竊竊私語。

「很爛。」

「這就是了，連老大親自教你飛刀你都學不好，可見你資質有多差了。」

「也是。」聖耀也沒臉紅。

對於打架很差勁這件事他早有體認，所以也無所謂自尊心的問題。

阿海等到鈔票幾乎都燒到手指，這才輕輕一吹，將火屑彈開。

「不過我還是想幫點什麼忙……」聖耀看著手掌。

此刻爛人老大不在附近，掌紋就顯得清晰深刻多了。

這幾年窩在爛人老大身旁，或許是藉著爛人老大的威嚴鎮壓，這張惡魔的臉已經黯淡許多，幾乎沒有什麼人再被自己害死。這當然很好，只是上次在一〇一大樓差點死在黑衣刺客的飛盤底下，痛得要命，隱隱約約「凶命」的回復力變差了。

如果這個超能力越來越弱了，自己到底還有什麼留在大家身邊的立場？

「你跟我們在一起這麼多年了，還不知道老大有多厲害？」阿海倒是很樂觀，吃了一大口冰淇淋聖代說：「打架的事交給那些專家，他們總是樂在其中的，如果他們需要我們的時候自然會開口，在那之前我們只要好好享受這趟日本行。等到他們打到爽了，對方的頭頭出來談一談，我們就可以回台灣啦。」

「……」聖耀有點悵然若失，不過自己的確對戰鬥不抱興趣。

也很怕痛。

追根究柢，也是爛人老大自己在搞無聊。

明明就可以好好登門拜訪，偏偏要搞大鬧東京這麼幼稚的排場，如果鬧得太厲害，這城市的主人不開心了，是不是就會搞砸了大家遠渡重洋尋求和平的好意？

不過爛人老大就是這樣，他興頭一起，那是誰也管他不了。

「放心，老大在一對一的打架裡，從來就沒有輸過。」阿海說，雖然他根本不知道現在老大到底是一對多，還是一打一。

「可也被扛回來過。」聖耀吐槽。

「哈哈，可不是。所以說起厲害，還是你最凶啦！我說聖耀，你要不要留在東京混入他們之中，只要認眞待一年，說不定亞洲最凶暴的吸血鬼帝國從此就……分崩……」阿海抓抓頭，表情有些尷尬。

「分崩離析。」

「對！就是分崩離析！」

「我看還是免了吧，再怎麼樣還是會不小心交到朋友。我最討厭看到朋友死在身邊了，就算同時有一萬個壞人被我咒死又怎樣？」聖耀看著天空，今天的天氣有點淡淡的鬱悶。

不是將要下雨的那種不得舒展的躁鬱，不是這城市污濁空氣給困久了的環境病灶，也不是什麼世界大戰前夕人心惶惶的鼓譟。都不是。而是別的。

「也是。而且你不是懷疑過嗎？你那種咒死人不償命的能力比起以前已經遜色不少了，如果是眞的，辛辛苦苦跑去地下皇城臥底也沒意思。」阿海說。

聖耀看著錶，約定的時間快到了。

此時一個年輕的女服務生過來收拾隔壁桌，在搬動椅子時不小心碰著了聖耀，於是微微鞠躬，禮貌地對聖耀笑了笑。

下意識地，聖耀回以一笑。

「我好害怕，脫離臭雞蛋老大的範圍太久，萬一我愛上這個城市的話該怎麼辦？」聖耀轉頭，認眞看著阿海說。

「哈哈哈哈哈你也太可愛了吧！你說的可是一整個城市啊！」阿海大笑。

聖耀也跟著笑了幾下，原本只是隨意附和地笑，但身邊的阿海拍手笑個不停，聖耀也就放開心懷，眞誠哈哈大笑。

大家都在忙著打架，說不定還打出漫畫裡常見的惺惺相惜，而這兩個小鬼卻在東京街頭的露天咖啡廳悠閒地瞎扯淡，笑到眼淚都快擠了出來。

猛地。

鬱悶的天空，突然劃破一道狂焰。

一針見血

命格：修煉格

存活：兩百五十年

徵兆：也許你並不是一個武功高手，但你總是能在最短的時間內發現對手的招式缺點，如果你能把握機會給予一擊，就能出乎眾人意料之外打敗原本比你厲害十倍的對手。如果你是帶兵出征的將領，你的冷靜將洞悉敵陣最弱處，聯兵攻之，便能以一勝百。

特質：宿主素以絕佳的冷靜著稱，而你的冷靜就是你最大的武器。命格以吃食宿主對手的錯愕維生，所以對手越強，失敗的錯愕感就越巨大，命格也就吃得越飽。

進化：判善斷惡，修成正果。

第344話

電車裡所有人跌得七葷八素，咒罵聲不絕於耳。

賀躺在車頂上，眼睛瞪著隧道頂冒著電花的纜線。

一柄飛刀插在賀的喉嚨上，細長的刀刃穿過頸骨，直釘在車頂鋼板上。

只要將飛刀輕輕一扳，頸動脈就會被劃破，不到十秒就會失去意識。就算是活了兩百年的強壯吸血鬼，也捱不過二十五秒。

上官好整以暇坐著，在胸口傷處附近點了穴，封住翻攪不已的氣血。

真幸運，過了這麼多年，自己居然會被飛刀陰了這麼一下。

戰鬥果然非常有趣。

上官看向被賀踏裂的車頂鋼板，這小子鐵定早知道列車緊急煞車的時間。

這種處心積慮要幹掉自己的心態，應該說是可愛嗎？

「某種原因，我的右手比左手還要快上十倍。」上官深深吸了一口氣，確認胸口的傷勢。沒有大礙，睡了一覺就沒事。

「不是有傳言，上官飛刀，例不虛發？」賀瞥眼幾乎要被廢掉的右手，冷冷道：「怎麼到了最後一擊，才眞要了我的命。」

「傳說總是比較誇張。」上官點了根菸，卻不抽。

這小子多半料到這些飛刀都會回擊到他身上，所以沒有在刀尖上放銀。

「我輸了，殺了我吧。」賀閉上眼睛，左手緊握拳頭。

「遊戲結束。」

「？」賀睜開眼睛。

上官毫無表情地拿著菸，看著菸燒出的淡淡白氣。

「你認輸，然後遊戲就結束，照約定帶我去見你們家老大。」

「……」

只是一場遊戲嗎？

認真籌備了三十年的戰場。

精心準備了足以錯亂速度感的厲害武器。

努力練習了三十年的，違抗反作用力的強制平衡力。

看在對方眼中，竟然稱不上是生死對決？

「你不殺我？你會很後悔。」賀冷笑：「總有一天……」

「別傻了，這種台詞不是你這種小配角用得起的。」上官從賀的身上搜出手機，放在他的左掌上：「打電話。」

賀拿起手機。

良久，按下重撥鍵。

「……到了，上官無筵。」

抄而襲之

命格：情緒格

存活：一百四十五年

徵兆：沒有創意，兼又自尊心跟盲腸一樣累贅的你，抄襲別人是理所當然的事。對你來說，太陽底下沒有新鮮事，所有的故事都是不斷抄襲仿效的再生產，所以就算你抄襲了別人的作品也覺得沒什麼大不了，不過就是做了大家都在做的事。

特質：命格吃食宿者的羞恥心而茁壯。故實際上，沒有創意不是宿主的最大特質，沒有羞恥心才是宿者露出理直氣壯笑容的原因。

進化：文化沙漠

〈決戰東京，群雄亂舞〉之章

第345話

「人類的勇氣？」

大阪車站月台上，兵五常冷冷地看著身邊的烏拉拉。

不只兵五常、鬪香愁與倪楚楚，連更早一步來到關西的鎖木與書恩也趕來會合，這些獵命師並未將通緝犯烏拉拉以合圍之勢看死，因爲倪楚楚收藏的「百里箍」已強行灌在烏拉拉體內，並且在烏拉拉的身上寫好獨屬倪楚楚的血咒，如果沒有倪楚楚親自解印，「百里箍」就會永遠鎖死在烏拉拉的體內，直到烏拉拉死掉爲止。

「沒錯，在這種時候，獵命師應該站在人類這一邊吧。」烏拉拉看著手錶。

已經過了三十五分了。

剛剛目睹電視上美國總統遭到刑殺的慘劇後，眾人就在一股奇異的氣氛下來到新幹線，偷了七張前往東京的車票趕與聶老會合。

月台上滿滿都是人，每個人的臉上都充滿了焦慮的不確定感……這個時候究竟該回到東京，還是該遠離東京？電視上遲遲不見日本首相出面發表對美國總統遇刺的遺憾，讓原本就相當危急的情勢更加詭譎。有些人乾脆蹲在地上，雙手合十祈禱，但嘴唇不停發顫，連神佛的名字都念不清楚。

「人類那邊？獵命師應該站在獵命師這一邊。」

兵五常冷冷反駁，轉頭看著其他人，說：「大家的立場都一致吧。」

「我不管，嗝……反正我是不打架主義。」闞香愁眼神迷離，身體歪曲，顯然是喝了太多酒：「喝酒不打架，打架……不管怎樣都不打架。」

倪楚楚高傲地摸著Prada包包裡的白色靈貓，說：「一切等見了聶老再說。」手指夾在那本宮本喜四郎所著的《喂！你幹嘛討厭自己？》書頁裡。

鎖木與書恩敷衍地點點頭，不多做表示。他們的心情非常複雜。

兵五常的眼睛不由自主看向神谷，神谷愣了一下，搖搖頭，又點點頭。

「……嗯。」兵五常不知所以然地點點頭，耳朵隨即紅了起來。

「難道你們沒有感覺到，全日本所有的命格都開始蠢蠢欲動了嗎？」烏拉拉看著天空，聽見命格能量正放肆喧囂著，喃喃自語：「很快就會發生大戰爭了，這次的戰爭一定會波及到東京，屆時我們會有很多機會潛進地下皇城，或者，乾脆大大方方殺進去也不一定。」

的確。

這個國家充滿了前所未有的集體緊張感，這種讓人難以忍耐的氣味，讓很多倚賴吃食人類情感的命格把握機會大快朵頤，急速茁長，朝成仙成妖的路上快步飛進。一旦戰爭正式開打，一定會誕生很多怪物級的大命格。

一定。

「這個世界變成什麼樣，不關我們的事，哈哈！嗚——」蓬頭垢面的闞香愁突然跪在地上，狂吐了起來。

這一吐，周遭人群竟沒有心情賞他臉色看，甚至沒人注意。

「即使戰爭爆發，即使人類滅亡，那又如何？我們獵命師一定可以生存下來。」兵五常拍拍肩上的黑色長棍，鬥氣一閃一沒。

「的確如此，獵命師什麼時候有過拯救人類的責任感？」烏拉拉認眞說。

這話很刺耳，兵五常差點就要冷言回敬，但兵五常看烏拉拉的表情一點都沒有諷刺之意，竟讓他無力反唇相譏。而鎖木拍撫藏在大衣口袋裡的上班族貓，若有所思。

列車進站，滿月台的人倉皇擠入車裡。

第346話

從大阪到東京，約莫只兩個小時半。

很有可能新幹線還沒到東京，戰爭就已經如火如荼進行起來。

六個獵命師加一個日本高中生，七個人將座位調整成面對面坐在一起。六隻靈貓在行李架上面面相覷，你看著我，我看著你，慢慢用尾巴互相搔弄著彼此打發時間。

「我好緊張，我有個感覺……就快要見到哥哥了。」烏拉拉抓著頭。

上次見面，哥哥變成了一頭野獸。

一頭狂暴的黑色野獸，充滿了憎恨，充滿了毀滅。

不過哥哥那麼有本事，一定不可能讓那種瘋狂倒錯的黑暗能量控制他的心神，一定不可能，百分之百不可能。下次見到哥哥的時候，哥哥一定徹底征服了他吃掉的能量，變得比任何人都還要更強。

對，一定是那樣！

而我呢，這幾年也變得厲害不少，哥若看了，一定不會想殺死我了。

「就算見到了你哥哥，那又如何？」兵五常低眼看著神谷的腳，她百無聊賴地踢著烏拉拉的鞋子。踢著，踢著，然後烏拉拉反踢回去，玩了起來。

「我跟我哥哥聯手，一定可以打敗徐福。」

「省省吧，你連我都打不過了，烏霆殲能有多強？當初你們殺了幾個祝賀者，不過是趁其不備。逃命呢，倒是挺會逃的。」兵五常不屑，心裡還是很在意神谷一直在踢烏拉拉的腳。

……他實在很想，也把腳伸出去，跟神谷的腳踢在一起。

「只要讓我哥哥使用能量滿載的『居爾一拳』，他一定可以在我的掩護下，一拳將徐福的頭狠狠打下來！」烏拉拉鼓起嘴吹呼著拳頭，好像拳縫隨時會冒出火似的。

聽到哥哥兩字，紳士開心地從行李架跳下，用粗糙的舌頭舔著烏拉拉的脖子。

兵五常每次看到烏拉拉提到烏霆殲，那股堅定的自信，真有說不出的煩悶。

「還有整整兩個半小時，白白浪費就太可惜了。兵大哥，鬮大哥，倪大姊，鎖大哥，書恩小妹，我們來特訓吧，大家一起加油。」烏拉拉看著坐在對面的兵五常，用力拍拍臉。

「特訓？」兵五常皺眉。

「我們來整合一下彼此的戰鬥能力跟特性，到時候團隊合作就能打敗比我們更強的敵人，就算一口氣對付上千個敵人時也不至於手忙腳亂。」烏拉拉看著倪楚楚，看著半昏半醒的鬮香愁，也看了看其實跟戰鬥毫無干係的神谷。

鎖木原本要應聲說好，但兵五常立刻瞪著烏拉拉：「你憑什麼整合？這裡屬你最強嗎！」

「不是。不過我的頭腦最好，而且我最想贏。」烏拉拉直言不諱。

鎖木呆了呆，而書恩終於忍不住笑了出來。

「……」倪楚楚皺起眉頭：「你的頭腦最好？你最想贏？」

烏拉拉沒有理會這個問題，先是看著神谷說：「神谷，妳負責給我信心，在我快要輸的時候幫我打氣，如果我打得好，妳就替我開心。最重要的，我們兄弟一見到面，我就要把妳介紹給我哥。我哥看了妳，一定很為我高興。」

神谷紅著臉，趕緊點頭。

兵五常聽得傻神，這算什麼功能？

「鎖木，你蠻弱的，跟十一豺一對一，你完全沒有勝算。」

鎖木瞪大眼睛。

「你的斷金咒其實只比我的版本還要厲害一點而已，現在又只剩下一隻手，我看你以使用命格的特性作戰為主，這樣比較不容易死掉，也可以掩護大家。」烏拉拉直截了當地說：「你很沉穩，我做事常常很衝動，當我抓狂的時候你要擋住我……或是當我竟然脫隊去做自己想做的事，你就要負責穩住每一個人，讓事情成功。」

鎖木僵硬地點點頭。烏拉拉把話說的這麼直，他怎麼能不點頭。

「書恩，妳的能力是大風咒吧？」烏拉拉撇過頭。

「沒錯，我也很弱。」書恩沒好氣地說：「戰鬥時我會盡量不礙手礙腳的。」

「妳是很弱，不過風能長火，妳的超普通大風咒配上我的超狂暴火炎咒，可以讓我的火炎咒厲害好幾倍。」烏拉拉豎起大拇指說：「如果我們搭配起來，至少可以幹掉一整個吸血鬼軍團，甚至一口氣跟三、四個十一豺等級的敵人周旋。當然了，怎麼相輔相成我們還得研究研究，總之我們兩個一組。」

難得被稱讚，書恩有點高興，但表面上依舊不動聲色。

「兵大哥。」烏拉拉看著坐在正對面的兵五常。

「你少來。」兵五常不想聽。

「你的個性很彆扭，愛充英雄，就算死了也不想接受別人幫忙，可又不是眞的想死。」烏拉拉搔搔頭，有點尷尬地說：「戰鬥的時候所有人對你來說都是礙手礙腳的存在，表面上看起來，放你一個人單打獨鬥好像很合適……但你就算戰死也不想要求換手或幫忙，這點眞的很棘手。」

兵五常本想給烏拉拉一拳，但看到神谷聽了這一番話，竟在烏拉拉旁邊摀著嘴吃吃笑了起來。兵五常感到很難爲情地摸著後腦勺，不知道該將眼睛擺在哪裡，嘴角有些上揚。

「所以兵大哥，我覺得你無論如何都要打贏敵人就是了。」烏拉拉認眞拍拍兵五常的肩膀，說：「如果你可以辦到，我們把最厲害的敵人交給你，你把他幹掉以後就來跟我們會合。」

兵五常欣然道：「那有什麼問題。」

話一說完，兵五常覺得心裡怪怪的，自己幹嘛露出高興的表情……

「對了倪大姊，可以告訴我闞大哥除了預言之外的戰鬥能力嗎？」烏拉拉看著迷迷糊糊的闞香愁，又看著倪楚楚。

倪楚楚猶豫了一下，卻抵擋不了烏拉拉熱切又單純的眼神，只好說：「闞香愁大抵來說是鬼水咒的行家，細點說則是控制濃霧的專家。不過……」

「不過他是個廢物，幾乎沒看過他怎麼作戰。」兵五常插話。

「那闞大哥強嗎？」

這個問題……

「倒沒聽過他輸，不過這也是因為他幾乎不動手的緣故吧。」倪楚楚想了想。

「換個方式問好了，如果闞大哥跟兵大哥打起來，誰會贏啊？」烏拉拉。

「三秒就幹掉他！」兵五常幾乎用吼的，吼到整個車廂的人都轉過來瞪他。

神谷跟書恩同時笑了起來，氣氛頓時歡樂不少。

第347話

「喂，不需要把鬪香愁估計在我們之中，就連獵捕你他都不想幫手了，何況是殺進地下皇城這麼危險的事。」倪楚楚話一出口，眼角的餘神立刻彆扭起來。

她不自覺用了「我們」兩字，可明明在數日之前，倪楚楚一行人還是非殺了烏拉拉不可的長老護法團；甚至到了今天，他們的職責還是押著烏拉拉回中國接受大長老審判，而不是在這邊聽烏拉拉討論大家怎麼攻入地下皇城，把徐福的腦袋給摘下來。

「好吧，不過我怎麼覺得他只是提不起勁做自己不喜歡的事。」烏拉拉笑笑：「只要讓他對我們想做的事感到興趣，他就會一起跟來啦！比如現在，我們不就坐在一起了嗎？」

倪楚楚不想反駁，只是淡淡地看著烏拉拉。

她很介意，烏拉拉還沒提到對她的評價。

「有件事我想求證一下。」

「喔？」

「就你的看法，如果我跟兵五常打起來，誰會贏？」

「當然是我！」兵五常插嘴。

「你閉嘴，我想聽小鬼的意見。」

「倪大姊，那天晚上我跟兵大哥，跟妳，都打了很久。」烏拉拉。

「嗯。」

「我發覺兩件事——兵大哥太不怕死，而倪大姊則是打得太保守。」烏拉拉看著倪楚楚的眉頭揪了起來，不予理會繼續說：「倪大姊妳的任務，應該就是先用蜂群找到我的位置，一邊用蜂群引領兵大哥來幹掉我。在兵大哥接手之前，妳必須儘可能拖延時間，不要讓我逃走，當然了，也不要反過來被我幹掉。」

倪楚楚傲然說：「我不可能被你幹掉。」

「嗯，但妳卻不認為自己可以幹掉我。」

「……」

「至少妳的下意識是這麼想的——在能力的互剋下，妳不可能贏得了我，這點在我們實際交手之間再度被強化。所以妳使用的命格自始至終都是拖泥帶水，沒動過念頭要換成足以提高勝機的積極型命格。」

「……」

「倪大姊當然很成功完成了責任內的任務，把喘得要命的我交給了兵大哥痛扁，但事後我回想起來，我很慶幸妳並沒有用『想殺了烏拉拉』的決心跟我戰鬥，否則我一定會受到重傷，甚至死在妳的手中也說不定。」

這一番話，讓倪楚楚若有所思。

長期以來，她都是用一種很輕鬆便利的方式在戰鬥。化蟲咒裂解出來的毒蜂群能殺敵於十里之外，一鼓作氣殲滅以「軍團」計算的敵人，完全不須讓倪楚楚暴露於危險之境。這種能力極爲可怕，是眞正的殺手本色。

但出色的「殺手」跟百分之百的「戰士」一旦正面遭遇，長期遠離危險、以達成目標爲職志的殺手十之八九都會喪命，因爲戰士的勇氣跟不計代價的氣魄或能震懾殺手，在慘烈中扭轉戰局。

「如果倪大姊可以沒有顧慮地戰鬥，一定會比現在還要強，強很多倍。」烏拉拉深信不疑地說：「妳的能力絕對不只能擔任斥候、偵查、潛入、大規模清掃嘍囉，如果把化蟲咒配合高超的體術，倪大姊或許可以撂倒意想不到的強敵。」

倪楚楚被這麼一說，不知道是該著惱，還是該飄飄然才是。

但兵五常可沒忘記：「喂，這樣說起來，就是我一定贏得了倪楚楚囉！」

烏拉拉吐吐舌頭：「我可不覺得倪楚楚會認爲自己會輸給你，所以這場架還有得打。」然後倪楚楚與兵五常開始互瞪對方。

烏拉拉沒有明說的是，如果這兩人分別與他再打一次，烏拉拉很有把握可以在短時間內分出勝負……因爲烏拉拉可是在腦中不斷不斷又不斷地模擬彼此作戰的畫面，熱烈找出如何獲勝的方法。

鎖木看著嘻皮笑臉的烏拉拉，胸口有種異樣的灼熱。

為什麼一個被獵命師聯合緝捕的大逃犯，置身在這些亟欲取他性命的人之中，還是那麼從容不迫、那麼侃侃而談？是別有所圖？還是打算用熟絡的交情換取大家的認同？

照道理來說，怕死怕到頂點的人才會冒險與祝賀者為敵，而這兩兄弟都已奇蹟似逃出生天了，雙雙想辦法用龜縮型的命格隱藏自己、默默過一輩子也就是了，但，烏拉拉跟烏霆殲還夢想闖進地下皇城是怎麼一回事？

那天早上，這男孩毫不顧忌睡死在自己跟書恩旁邊，是一種惺惺作態嗎？

真的有，這麼真誠的人嗎？

「烏拉拉，紳士裡儲存了哪些命格？」鎖木開口。

「本來有七個，但『朝思暮想』送給神谷了，現在剩六個。最猛的是『居爾一拳』，平時不到最後關頭不去動它最好；『天醫無縫』大家輪流用了好幾天，現在也還給我了；『食不知胃』我自己用不著，但必要的時候賞給敵人也不錯；『自以爲勢』很酷，不過用在戰鬥上的能力我還要摸索；從倪大姊那邊偷來的『隱藏性角色』太好用了，所以我不打算還她，她如果堅持要我還，那就只有再打一架了。『請君入甕』我覺得有點佔空間，你要嗎？」烏拉拉劈里啪啦說，想了想，又補充道：「對了，我的身上被倪大姊插了『百里箍』，這樣算起來還是有七個命格。」

「『隱藏性角色』送你，不用還。」倪楚楚冷冷道。

「謝啦。」烏拉拉握拳。

「……」鎖木則是沉默了。

獵命師之間也許存在著巨大的戰鬥能力上的差異，但這些差異經常可以透過命格的巧妙使用消弭，善用命格的獵命師比善用咒術的獵命師更可怕。也許大家對敵手的戰鬥能力，例如火炎咒、大風咒、聽木咒等等皆一清二楚，但儲藏在靈貓體內的命格就好像神祕的黑暗紙牌，不到掀開的時刻，根本不知道會發生什麼異動。許多獵命師即使平時友好，也有不過問對方靈貓裡儲放了哪些命格的默契，這是基本的禮貌。

但，烏拉拉好像百無禁忌。

「那你呢？」烏拉拉抬頭看著高大的鎖木。

「我……這個……」一向以冷靜著稱的鎖木面紅耳赤地，猛地深呼吸說：「功能型的命格，我有……『蜈蚣盲從』、『迷途失反』、『實話實說』。至於戰鬥型的命格，我只有最基礎的『無懼』與『岩打』。」至於他還收藏的最珍貴命格「吸引隕石的女人」，則無論如何也不想說出來。

「『蜈蚣盲從』這個命格太好了，可以用來擾亂敵人的資訊統合。」烏拉拉讚道。

「據說鬫香愁收集了很多語言類的命格，說不定他有比『蜈蚣盲從』更上一層樓的『謠言惑眾』，可以在更短的時間內把地下皇城弄得人心惶惶。」鎖木還是紅著臉。

「真的嗎！喂！大叔醒醒！」烏拉拉用力一拍鬫香愁，起了酒瘆呼呼大睡的鬫香愁竟給一掌拍倒。

烏拉拉吐吐舌頭，不敢再鬧。

第348話

接下來，烏拉拉問清楚了倪楚楚、兵五常與書恩三隻靈貓體內，儲存了哪些命格，由於烏拉拉都若無其事地說出來，其他人竟然也佯作大方，神情自若地將他們千辛萬苦蒐集到的命格說出來。

「什麼，妳竟然有『萬念俱灰』！」烏拉拉很羨慕。

「搭配起我的化蜂咒，可謂無往不利。」倪楚楚冷眉道：「而且我的『萬念俱灰』的能量已經累積快五百年了，隨時都會進化成『千年淚』。」

「我拿『食不知胃』跟妳換好不好？」

「當然不好。」

最彆扭的兵五常原本怎麼也不肯說，但禁不住神谷一旁好奇的眼神，終於還是和盤托出。

爲了逃命與修行，烏拉拉雖然一向獨來獨往，但*JUMP*系的熱血漫畫總看得多，他深信多了解夥伴的個性與心理素質，比了解他們表面上的戰鬥能力還要重要。於是幾個獵命師就從他們如何一一獵取到珍藏的命格聊起，然後講到靈貓滿載九命後，被「擠出來」的命格怎麼處理，這之間取捨的道理又是什麼……

倪楚楚喜歡與別的獵命師交易，或是送給還不成氣候的年輕獵命師當禮物。

兵五常則是一律無條件釋放，任憑命格自由於天地之間，尋找下一個囚牢。

書恩年紀小，獵捕的命格很有限，最有意思的不過是為了加強威力不足的大風咒、後來從孫超那裡討來的「風的種子」。

至於闞香愁這位忙著起酒疹的大叔，一路都在睡覺，始終沒有加入話題。

聊著聊著，之前孤獨習慣了的大家越來越投入，連鐵著臉的兵五常也漸漸有了真正的表情。很突兀地，烏拉拉的眼角忽然泛起淚光，頭低了下來。

兵五常愣了一下，倪楚楚也很傻眼。

神谷好像知道了什麼，輕拍烏拉拉的背，安撫他的情緒。

「好端端的，哭什麼哭？」兵五常看了就不舒服。

「沒，我只是，除了紳士以外從未有過夥伴，現在的感覺很好。」

烏拉拉的頭依然沒有抬起來，眼淚一滴滴落在牛仔褲上，說：「一想到我哥哥從來都是孤孤單單一個人，甚至也沒有紳士陪著，就覺得哥一定很寂寞……他總是很寂寞。」

兵五常本想大叫：「我們才不是夥伴，是警察與小偷的關係。」但看到烏拉拉止不住的淚水，這些言不由衷的話立刻梗在喉嚨裡。

說到夥伴，兵五常也從來不覺得自己跟其他的獵命師是夥伴關係，充其量，「長老護法團」不過是一種「榮譽」，一種針對戰鬥能力的肯定而已。

許久，兵五常看著低頭落淚的烏拉拉，冷冷地說：「回答我……在與聶老會合之前，你一點都不考慮逃跑嗎？」

「完全不考慮。」

「爲什麼？」

「聶老本來可以殺掉我的。」

烏拉拉擦掉眼淚，紅著鼻子說：「他有那麼強的雷神咒，不管我怎麼古靈精怪，只要他稍微認眞起來，在交手那一天晚上至少有八個機會可以把我殺掉。」頓了頓，又說：「但聶老沒有。」

「……」倪楚楚。

「理由何在？」乒五常。

烏拉拉抬起頭。

「他在想一些事情。」

第349話

「我在想一件事情。」

聶老站在東京鐵塔上，俯瞰著底下的紛亂霓虹。

「什麼事？」廟歲咬著快燒到屁股的菸，玩弄攀爬手指上的蜘蛛。

聶老的指尖飽滿著電氣：「說不定，徐福根本沒有我強。」

「原來是做夢啊！」廟歲淡淡地說。

做夢嗎？

聶老沒有反駁。

只是若有所思。

相傳獵命師的老祖宗姜子牙，即使本身有千年道行，用上了「飛仙」才能引天雷斬妖，再怎麼說還是藉由老天爺的力量。

但自己，現在的自己，百年來苦練的雷神咒無須天時地利便能擊出媲美天雷的雷電。即使道行比之姜子牙頗有不足，然而這個城市無時無刻、每個角落都充滿了無窮無盡電力，只要用「歸元返生」，就能毫無顧慮地擊出雷電。

如果連那個乳臭未乾的小子都想挑戰徐福了，那麼……

菸燒到了廟歲的嘴唇，廟歲無動於衷。

「聶老，你活得太久了。」

「……」

「老得，可以去死一死了。」

「……」聶老看也不看他一眼：「我看你賴活著，也沒什麼意思。」

遠遠，高高的。
一道銀色怒火從兩人的視線上方衝過。

大鑑賞家

命格：情緒格

存活：一百三十年。

徵兆：分辨偽鈔對你來說實在是太容易了，不需要伸手接觸，只要瞥上一眼就能瞧出端倪。對你而言，這個世界上根本沒有一模一樣的雙胞胎，根本沒有一模一樣的兩本書。宿主通常從事古玩鑑定，贗品在你的手中絕對無法遁形。

特質：宿主的肉眼犀利，更重要的，是宿主擁有一顆敏感纖細的心。

進化：一針見血、大偵查家、判善斷惡。

第350話

地下皇城的綜合戰略螢幕上，反覆播著美國總統遇襲的畫面。

不知從何處衝進來的亡命之徒，穿著黑衣，蒙著臉，訓練有素往演講台一路殺去。特製的萊姆彈瘋狂穿透美國總統手中的講稿，削掉了半邊臉……然後是整個頭爆開。火力強大還波及了幾個重要的政府官員，以及七十多名派駐在白宮採訪的記者群，血肉橫飛，噴濺到歪斜的鏡頭上。

轉播中斷前最後一個畫面，是一個黑衣人站在講台上，睥睨著美國總統剩下的半張臉，一腳將它踩爛，眼珠子和著腦漿噗唧迸開。

短短二十二秒鐘，一支沒打算活著離開的黑衣特攻隊，就這麼突破重重嚴防，將白宮變成人間地獄。那是一場貨眞價實的大屠殺。

世界歷史上，從未有一國之君受到如此恐怖的屈辱。這個屈辱已經在剛剛二十分鐘內，傲慢地羞辱美國數億人民，乃至整個西方世界的人類聯盟。

比起二〇〇一年九月十一日，紐約雙子星大廈被兩架飛機撞毀的那段畫面，此時此刻，人類世界更加同仇敵愾……更加需要「敵人」！

此時距離美國總統被暗殺，不過二十分鐘。

每一分鐘都很關鍵。

綜合戰略室裡聚集了幾十個軍事參謀，有牙丸禁衛軍的大小統領，有人類自衛隊的將官，也有特別V組三大部門的重要領導者，個個面色凝重，全都在等待牙丸無道與阿不思開口說句話。

此時特別V組的城市電眼部門突然傳報，東京街頭發現零星的戰鬥，不知名的敵人明目張膽在街頭挑釁，實力似乎不能小覷……但話還沒說完，便被阿不思給打斷。

「沒事，賀跟大鳳爪會處理。」阿不思不以爲意。

……只是，還是沒有看到宮澤。

雖然宮澤已經下班，但應該接到緊急通知或看了電視新聞，正在趕來戰略室的途中了吧？幾乎在與美國總統被暗殺的同一時間，牙丸千軍的首級也被放在網路上拍賣，不知道是恐怖的巧合，還是精心佈置的陰謀。不論答案是哪一個，局勢都非常地壞。

比起這些經驗老道的戰略專家，阿不思更想問問宮澤的意見。

「背後的指使者，一定正躲在後面偷笑。」牙丸無道終於開口。

「誰得到了最大利益，誰就是背後的主謀嗎？」阿不思淡淡地說。

這個理論一向很有用。

但如果這個理論被利用了，那便稱了幕後敵人之意。

暫時得到最大利益的人，將成爲被攻擊的主要對象——而這個暫時得到最大利益的人，或許就是幕後敵人最想剷除的障礙。

但是最令人匪夷所思的是，若眞爆發了第三次世界大戰，被尖端武器徹底毀滅過一次的地球，還有所謂的利益可以讓哪一隻躲在暗處的兀鷹啣走嗎？

人類裡有這樣不計一切代價的基本教義主戰派嗎？

血族的軍團裡，有誰擁有當年牙丸五十六的野心嗎？

如果說牙丸無道是血族最汲汲於權力之人，那麼他所選擇的方法也未免太瘋狂。更何況，當今人類聯盟的勢力空前盛大，相較之下歐洲血族早已式微，俄國血族流於地方軍閥割據，美國血族則反過來成爲支撐西方資本主義世界的中流砥柱，可以跟人類一拚的只有實力最強的東瀛血族——然而，軍事勢力之不均等，東瀛血族根本沒有能力打贏大規模戰爭的籌碼，這點牙丸無道比誰都還要清楚。

「那也未必。不過如果我們要採取戰鬥，就不能沒有敵人。」牙丸無道講得很坦白。

這個世界上，沒有人能統御一支軍隊，去打一場沒有敵人的戰爭。

「與人類世界全面開戰一定是個大錯誤。但是如果現在不打，只是白白挨了美國人一頓猛揍。」阿不思直言：「但說到要先發制人，我們又辦不到。」

有人有異議。

「對美國來說，也許我們早已完成先發制人的步驟……我們先攻擊他們的艦隊，又殺掉了他們的總統。」一個自衛隊的陸軍上將說：「十之八九，美國已經在準備報復，從現在起每一分鐘我們都可能遭到攻擊。」

自衛隊已經全面戒嚴，陸海空三軍在軍事演習多日後的現在，終於來到巨大壓力的隘口。

根據日本憲法第九條的規定，日本的軍事實力只能維持在自衛所需的水準，但實際上日本的自衛隊截至二〇二〇年，總兵力已達三十五萬人，軍費龐大僅次於美國與中國，遠遠不是只有「自衛」的水準。

但全世界目前僅有日本，是血族全面主宰的國家。勢單力薄。要不是日本的經濟在全世界佔有極重要的地位，同樣參與用資本主義統治地球的遊戲，說不定這場莫名其妙的戰爭早就開打。

「不過是人類在自導自演，也許他們只是長期欠缺一個毀滅我族的理由，如果找不到，那就裝模作樣製造出犧牲品。」另一個軍事參謀說。

「根據淚眼咒怨第三組的密報，人類發展類銀的進度雖然受到了難以突破的障礙，但是卻通過Z組織展開了別的生化研究，那個生化研究……很可能就是促進了公民疫苗法誕生的一大因素。」阿不思說。

牙丸無道看了阿不思一眼。

第351話

Z組織神祕非常，一直以來神道想探詢Z組織與人類之間的合作種種，都只是打聽到了皮毛。類銀什麼的，不過是一種障眼法似的，想掩蓋底層更大的祕密。但所有的猜測都只是猜測，因爲沒有一個猜測有合理的根據，充其量不過是陰謀論份子天馬行空的論調。

要不是最近Z組織主動將可怕的研究成果，暴露給人類諸國的領袖知悉部分，日本血族想靠間諜系統一探究竟，根本就不可能……或者，以前也沒想過要徹底偵查Z組織的「眞面目」。

「如果，是Z組織從中破壞呢？」牙丸無道順著說。

眾人面面相覷。

「需要調查，但即使我們調查出眞相，人類也未必採信。」阿不思說：「尤其調查的過程中，雙方必然已經交戰，一旦交戰，當初爲什麼會爆發戰爭的原因，也就變得不是那麼重要了。」

此時一位專司情資的軍事參謀匆匆進來，面色凝重看著阿不思，不發一語。

「……」他所收集到的情資，只允許他匯報給牙丸無道與阿不思兩人。

「說吧。」阿不思直言：「果然是淚眼咒怨下的手吧？」

「是的，華盛頓方面已調查出來了，確認是淚眼咒怨第七小隊發動的攻擊。」

眾人一陣慌亂的騷動。

「嗯。」這點，阿不思早就知道。

踩爛美國總統的那個黑衣刺客，她沒見過幾次，但用人類的說法便是阿不思的學弟，即使蒙了面也認得出來。

淚眼咒怨是直屬牙丸千軍的麾下，說是牙丸千軍的私人特攻隊也不爲過，訓練精良，手段果敢，忠心不二，隨時都可以因爲牙丸千軍的命令與任何敵人戰鬥。

即使是接到「潛入翦龍穴殺死血天皇」之令，淚眼咒怨也不會有絲毫猶疑。

貫徹牙丸千軍的意志，就是淚眼咒怨的榮譽，與生存依靠。如今牙丸千軍已經死亡，統領淚眼咒怨的責任便落在阿不思的肩上，至於那些死士是否會用同樣的狂熱效忠阿不思，得瞧阿不思對牙丸千軍的死有多大的憤怒了。

「究竟淚眼咒怨是接到誰的指示？」牙丸無道。

「已經無跡可循了，所有隊員全數喪生。」該名參謀搖搖頭。

「……會不會受到了控制？」優香東看西看，怯生生舉手發問：「例如類似白氏他們的那個什麼的？還是獵命師的……那個什麼的？」

一個軍事參謀說：「不排除是震驚於牙丸千軍前輩的噩耗，突然決定動的手。」

「不對，時間點不對。」

牙丸無道展現他的沉著判斷：「如果是因爲牙丸千軍前輩的噩耗展開的報復，那麼也得等敵人將牙丸千軍前輩的首級被放在拍賣網路上後，才會開始計畫。完全不須計算，時間上根本太匆促。」

「暗殺也許需要計畫，但這種明闖進去的攻擊，只需要不要命的強悍就足夠了。」

阿不思淡淡反駁，但隨即補充：「不過，淚眼咒怨不是這麼莽撞的組織，遠遠不是。」

討論陷入短暫的沉默。

就算淚眼咒怨不是這麼莽撞的組織，就算日本血族有一百萬個打不過人類聯盟的理由，但由淚眼咒怨來執行對「人類刺殺牙丸千軍並大肆污辱」的報復，合情，合理，尤其報復的對象與報復的時間地點與報復的方法，都配合得完美無缺。

環環相扣，簡直是一本比完美還要完美的血族宣戰書。

——一份，由人類千方百計爲血族擬好的宣戰書。

第352話

「好煩喔。」優香咕噥著，蹲在地上。

現在要跟阿不思討殺胎人來愛，時機完全不對，一定會被說不懂輕重。

牙丸無道閉目沉思，心中考慮著阿不思的提議。

如果打開樂眠七棺剩下的戰士……

武將的能力在冷兵器時代非常重要，一人之勇猛，可以敵百人，敵千人，往往行兵作戰，打的是主將的名號，而非眞正的兩軍對陣。

但即使如此，一人之勇猛還是有限，只要擁有一支訓練有素、果敢死忍的精兵，所謂的天將、大將、名將、神將、鬼將，不過是非常狹隘的單兵作戰，面對大規模的軍事戰鬥，不管是多強的武者都無法扭轉劣勢……

到了熱兵器的現代，對「名將」的定義緊縮到善於策略布陣的軍將，那些以一當百的武者傳統則完全消失殆盡。除了講究頂尖個人能力的特務一職，能力卓越的武者，作用上也只不過是一名特別勇敢的小兵而已。

不過。

不過。

牙丸無道相信，在這個時代，那些怪物還是能夠用他們的獨斷獨行，在關鍵時刻殲滅重要的敵人。只是，如果要讓那些長期與世隔絕的怪物變成即戰力，就要讓他們快點出棺，不能再有猶疑。

另外，除了樂眠七棺裡的其餘怪物，如果可以再……

「宮澤還是連絡不上嗎？」

阿不思轉頭，看著特別V組這邊。

「一直沒有辦法連絡得上。」特別V組。

阿不思皺眉。

如果宮澤在這裡，會出現什麼推論呢？

不論有什麼推論，手上先要有像樣的籌碼。戰爭在即，須調動更強的戰力。

……那些正往這裡走來的細微腳步聲，同樣也是這樣認為的吧？

「要不要請示血天皇，先啟動部分的冰存十庫。」阿不思看著牙丸無道。

「……」牙丸無道心裡震了一下，表面不動聲色。

優香跪下。

阿不思立刻知道了優香的意思。

「啦……不。報告長官，若要依次啟動冰存十庫，請優先釋放出我甲賀一族。」優香的語氣有點激動：「我族的戰力最勇猛，一定能擔當先鋒。」

「嗯。」阿不思不置可否。

一千名甲賀忍者，是的，絕對能在黑夜摸掉任何試圖搶灘的人類特種部隊。

至於一萬名甲賀忍者，嘖嘖，則相當於一個小國家陸軍的總戰力。

嗶。

此時綜合戰略室的門打開，一行穿著傳統和式服的白氏貴族走進，面色如霜。

牙丸無道微微點頭示意，阿不思則完全沒有反應。

「走吧。」爲首的五大長老之一，白常言簡意賅。

「……」牙丸無道點點頭。

終於，有了共識嗎？

突然綜合戰略室的螢幕轉紅，一通緊急電話及時接了進來。

「海防緊急通知，美軍有約四十多架F22戰鬥機正飛向東京，雷達發現時距離僅剩三十公里，情勢非常危險。」戴著通訊耳罩的下屬驚道。

「作好戰鬥準備，戰機準備升空。」牙丸無道精神抖擻。

「自衛隊已緊急命令二十四架戰鬥機立刻升空迎擊，請確認。」

「命令獲准。」

終於到了，掌握大權的時刻嗎？牙丸無道看著儀表板玻璃反射上的自己。

「毋需擔心，萬鬼之鬼會擋下一切。」長老白常說。

「白氏一族已經默默出動了？」牙丸無道沒有怪罪的語氣。

「我們白氏一族，也有自己保衛國家的方式。」年輕的白響昂然。

說得好。

既然敵人已經做出表示，那麼，的確該啓程了。

「優香，去把莉卡帶過來。」阿不思。

「是。」

大偵查家

命格：修煉格

存活：三百年

徵兆：乍看之下完全無關的兩件事情擺在你眼前，你閉上眼睛佯裝沉思，下一次睜眼便能說出兩者之間的複雜互涉關係。名偵探經常是你的頭銜，冒險犯難破解各式各樣的謎團是你的本能，所以麻煩也經常找上門來——你絕對不可能平凡過一生！

特質：宿主的邏輯能力極強，但巨大的想像力才是宿主最厲害的天賦。命格吃食你屢屢破解謎題機關的自信感而活，所以命格的力量會將你帶到越來越難破解的困厄前，並給予你強大的能力。

進化：判善斷惡

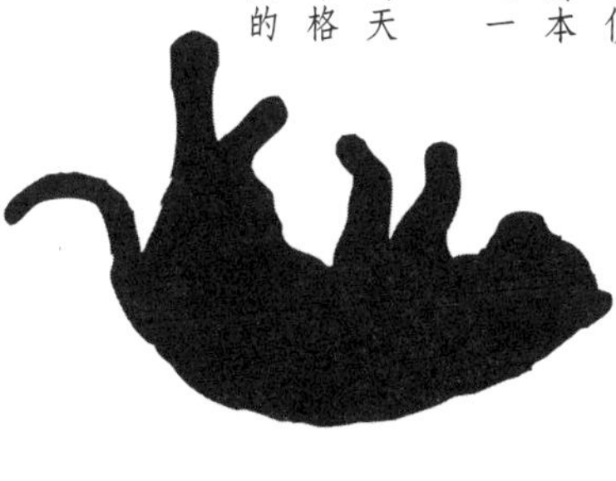

第353話

毫無疑問，這是血族的絕佳劇本。

牙丸千軍的首級被放在拍賣網站上，讓血族蒙上巨大的恥辱，同時，也讓血族擁有最可怕的報復理由。至於報復的層級……因爲是牙丸千軍的關係，該仇殺的人便可以無限上綱，即使是美國總統也不足爲奇。

至於報復的時間點配合得這麼剛剛好，就是最好的證據。

兩台黑色Land Rover休旅車行駛在東京市郊，越來越遠離繁華的核心地帶，兩車後面跟了一輛黑色重型機車，上面坐了一個極危險的人物。

經過軍事改裝的休旅車裡推滿了沉重的大傢伙，與先進的電腦衛星設備。

前者可以直接撂倒一台坦克，或是百公尺外的分局警力；後者能夠在任何地方癱瘓日本的網路通訊，並且不受限官方封鎖對外傳送重要的軍情。

「這些東西，不會是從海關進來的吧？」宮澤打量著。

特別V組對這些超級列管品，自有一套比現行海關更嚴密的查防系統，想矇混過關是絕對不可能。但要採取偷渡搬貨的話，這麼精密的設備，這麼重的兵器彈藥，肯定是個大工程，很難不被發現。

「沒錯，這些全都是在日本原地採購、蒐集、組裝的。」漢彌頓拍拍一挺自動裂甲機關槍，說：「我們很早以前就在日本偏遠地區，祕密儲存關鍵時刻派得上用場的武器，就是爲了萬一。」

果然如此，宮澤問：「萬一的確到了，那你在盤算什麼？」

「和談已經不可能了，至少，現在還不可能。」漢彌頓毫無懼色：「在那之前，我們得做點什麼回應。」

宮澤頗不以爲然。

雖然與阿不思的相處時間不多，但宮澤感覺到雖然阿不思是一個對人命漠不關心的吸血鬼，但對於「大致上的和平」卻有一股執著。或許最早時要逮殺胎人讓阿不思有點幹勁，但眞要讓日本陷入危急存亡的動亂，阿不思一定沒有興趣。

找阿不思，或許和平能有希望。

「你在想什麼？」漢彌頓。

在想什麼？

「我在想，乾脆一點，就讓戰爭開打罷了。」宮澤看著車窗外的都市，想像整個東京都陷入了火海，大街上擠滿了驚慌失措的人民，消防車與警車根本寸步難行的畫面，說：「與其讓虛偽的繁華偽裝了這個國家的生存方式，不如，就由一場戰爭讓一切歸零，至少最後活下來的人不必被當成備用的食物。」

「……」啞巴查特默默認同了宮澤的話。

「說得好。」擅用化學戰的威金斯手裡握著方向盤，看著後照鏡。

此特別行動團的團長漢彌頓、啞巴獵人查特、化學戰獵人威金斯，與宮澤一台車。獨眼老獵人尤恩、爆破達人賈納德、天生好手佩提、電腦鬼才辛辛納屈一台車。無法與人正常相處的嗜獵者黑天使，獨自騎著重機車壓陣。

漢彌頓看著錶，距離美國總統遭到暗殺不過才二十分鐘。

從現在開始，時間是每個參與棋局的人，共同的敵人。

「現在總可以說了吧，到底去哪？」宮澤說。

現在車子已遠離了重重監視的東京市中心，而宮澤的妻小在即將來臨的大混亂前夕，有的是機會被送到國外。被送到一個，即將跟日本互相毀滅的國家。

「宮澤，請帶我們到冰存十庫，不管哪一號都好。」漢彌頓將身體前傾。

「……果然是冰存十庫。」

宮澤看著窗外，頭頂著強化玻璃：「的確，只要把冰存十庫通通給爆了，吸血鬼的作戰能力就少了七成……不，甚至是八成。」

第354話

在獲准進入特別V組後不久，宮澤就對一件事情感到很不解。

日本之所以能夠在第一次世界大戰、第二次世界大戰將魔爪染指整個亞洲地區，吸血鬼一族的狂猛戰鬥力居功厥偉。白天是人類彼此殺伐的戰場，入了夜，就輪到魔鬼衝鋒陷陣，在沒有月色的黑暗中以摧枯拉朽之勢殲滅一整個營區，多少重要的戰略地點都是這樣強打下來的。

在宮澤可以看到的資料卷宗裡顯示，在第一次世界大戰裡投入的牙丸戰士約有五萬之譜，最後在中國地區折損了五千，在俄國地區折損了七千。但為了擴充兵力，在戰爭的高峰期採取「感染」的方式急救受了重傷的瀕死日本軍人，並將這些遭感染的吸血鬼士兵賜名牙丸，所以在戰爭結束後統計，回到日本地區的牙丸戰士反而更多，達六萬之譜。

而這六萬名牙丸戰士，很快就投入了第二次世界大戰，橫掃整個東亞。

其後六萬名牙丸戰士在中國地區遭受空前的抵抗，其中一度在東北死傷過半。但大量折損後，軍部又從瀕死的日本軍人中感染成軍，越戰越猛，越死越多。最後打到二戰末期日本宣布無條件投降，竟還有十一萬名牙丸戰士能夠繼續戰鬥下去。

論起素質，這十一萬名牙丸戰士一點也不輸給最早的那六萬名牙丸戰士，因爲他們都是從人類戰士的將死之身感染而成，每一個都擁有豐富的作戰經驗，跟死過一次的狂暴憤怒。

他們的口中，都喃喃自語：「總有一夜，誓殺上官。」

但是，除了那些對上官懷恨在心的十一萬名戰士，當年第二次世界大戰如火如荼進行時，別忘了，還有另外三萬名實力頂尖的牙丸武士駐守在日本本土，保護供養他們的食物。由於除了人類盟軍的空襲與兩枚核子彈的震撼外，那場讓世界受盡痛苦的侵略戰爭並沒有正面衝擊到日本，駐守在日本的三萬名牙丸戰士幾乎沒有折損，全數保存下來。

這不是單純的吸血鬼擴張史。

長期泡在資料室裡的宮澤，很快就發現這中間有極不合理之處。

在二〇一八年的承平今日，暫且不論派駐在國外的特務機構，在日本境內牙丸禁衛軍的總編制，只有兩萬名。一萬名負責首都東京的安全，另一萬人散佈在整個日本多達一百餘個據點。

重複一次，只有兩萬名。

——那些從世界各地戰場回來的牙丸戰士呢？他們都跑到哪裡了？

疑點不只如此，當年浩浩蕩蕩十一萬名牙丸戰士，只有其中八萬名戰士有回到日本境內的官方記錄，其餘整整三萬名，憑空消失了。

而那些理應回到日本，再度成爲戰力的八萬名牙丸戰士，人又去了哪裡？

宮澤對如何服務這些食物鏈的更上者沒有任何興趣，但既然進入了特別V組成爲共犯結構的一部分，研究吸血鬼千年來控制這個國家的手段與歷史，就成爲宮澤微小的私人興趣。

某日。

宮澤抱著一疊發出霉味的卷宗，來到直屬長官渡邊友尙的辦公室。

「報告長官，我希望能調閱更多的資料。」宮澤直說。

「更多的資料？」渡邊友尚盯著電腦螢幕上的股票走勢圖，根本就懶得看宮澤一眼。

「關於二次世界大戰後的牙丸禁衛軍動向，在統計上有很大的疑點。最近沒有什麼重要的事要辦，可能的話我想藉著整理陳舊檔案的理由……」

「爲什麼？」渡邊友尚打斷，還是沒有眼睛從股票走勢圖上移開。

「我……」

「你想證明什麼？」

「不，我只是單純感到好奇。」宮澤怏怏。

「宮澤清一，不要當個麻煩人物。」

渡邊友尚終於抬起頭，不耐煩地瞪著宮澤：「你知道的越多，對你自己就越沒有好處。我們這些平凡百姓能夠進入特別V組已經非常幸運，當其他人都摔進鱷魚潭時，就你我能夠緊緊抓住手中的繩子不掉下去。所以呢？把繩子抓好就是了，去管什麼鱷魚的事？」

「是，長官。」

宮澤轉過身，氣到全身發抖，抬起腳步就要出去。

「等等。」渡邊友尚叫住宮澤。

宮澤只好又轉身。

「對了老弟，瞧你其實挺聰明的，最近有沒有什麼推薦的股票？」

宮澤微笑：「說到股票，我倒是有幾個可靠的內線消息。」

渡邊友尚點點頭，嘉許道：「喔？說來聽聽！」

宮澤放下沉重的卷宗，花了整整一個小時向渡邊友尚分析產業趨勢，以及最具有爆發力的幾個投資標的，鉅細靡遺，頭頭是道，聽得渡邊友尚猛點頭，把宮澤的肩膀給拍瘦了。

一個月後，渡邊友尚的退休金少了一半。

兩個月後，渡邊友尚沒有所謂的退休金。

第355話

爾後，宮澤步步高昇。

遇見了，早就計畫好「重逢」的阿不思。

在仔細翻閱阿不思給的滿箱歷史文獻後，宮澤才印證了自己長期的猜測。

如果有一百隻獅子入侵屬於老虎的森林，老虎爲了與之周旋，必須拚命湊出一百隻老虎與一百隻獅子廝殺。等到獅子敗走，那一百隻老虎也將面臨食物不足的窘境，爲了得到繼續生存下去的權力，將有過半數的老虎喪生在自己人手上。

食物鏈的平衡，不只在於食物的豐富，也在掠食者的數量控制。至於掠食者如何自我控制，防止自相殘殺？答案回歸到最古老的社會意識：階級。

在上把權的掠食者將其餘的掠食者分爲不同的等級，規範誰可以進食，而誰則被迫「冬眠」，等到被需要的時候，才能用戰鬥的「義務」重新獲得進食的「權力」。

是的，關鍵在於「冬眠」。

十一萬名戰後歸來的牙丸武士實在太多、太多了，對血液的需求遠遠超過日本社會人口所能餵養的份量。人類作爲食材基本上是乳牛模式，而不是肉牛模式，要長期供給新鮮的血液，就不能大肆屠宰那些渾然不知自己處境的人類，而是依賴各地醫院的血庫供給；從來只有偶爾立下功勞的吸血鬼、或是權貴階級才有咬開活生生人類喉嚨的權柄，或是像東京十一豺那樣的特殊等級，才擁有在大街上自由獵殺人類、不負責任的恐怖權力。

於是，這十一萬名暫時不被需要的牙丸武士，加上一萬名同樣成爲累贅的皇城禁衛軍，共同被命令強制睡眠，「分門別類」封藏在十個極其隱密的地區。

七十五年了。

宮澤闔上歷史文獻。

「他們一定很渴望，某一天這世界又陷入恐怖的大混亂。」

第356話

漢彌頓攤開一大疊地圖。

這好幾份地圖，當然不是東京地圖。而是東京地底下的皇城地道圖。

每一張地圖，可能代表著一個地區，可能代表一個大平面，也可能標示地層與地層之間的連通關係，從右下角的英文字母加上數字編號可以知道大致上的關係。

「老實說，我並不知道冰存十庫的確切位置，只肯定冰存十庫確實存在。」宮澤一張接著一張翻，每一張注視的時間不超過十秒。

這幾份地道圖掌握在人類手上並不特別稀奇，或許每個情報單位都能弄到一份，就如同淚眼咒怨對美國五角大廈或蘭利情報局的各層佈置、結構、地底秘道都有的那種了解。

然而眞正的皇城構造遠比這份地圖要來得複雜太多，地道錯綜，由三度空間構成，加之許多重要的設施都不在這幾份地圖上，更遑論翦龍穴或冰存十庫。一旦走錯了路，別說被察覺被迫戰鬥，傻兮兮地迷路也毫不奇怪。這也就是當初殺胎人爲什麼要拷打寧靜王，逼問皇城更隱密構造的原因。

「我們之前研究過，冰存十庫其中之一可能在這一帶，但詳細的位置很重要，戰略核武的威力有限，如果引爆的地點擺偏了，就無法重創吸血鬼的隱藏兵力。」漢彌頓翻開其中一張地圖，手指在上勾劃一塊區域。

厲害。

「我也猜到是在那個區域裡，不過，我的想法更接近這個地方。」

咚。

宮澤直截了當，將手指戳向漢彌頓猜測的區域裡的其中一點。

當然宮澤並不知道冰存十庫中任何一庫的位置，但他一貫的拿手好戲，就是從極有限的固定資料裡，用豐沛的想像力與推理力，將隱藏在其中的答案找出來。翻閱吸血鬼歷史文本的那幾天，宮澤就佐以對地下皇城的認識、區域電力用量差、血庫管線流量、常備兵力部屬等資訊，推敲出冰存十庫其中四處的位置。當然了，這些只是宮澤的猜測而已，眞正的答案無法印證。

「很好，我們會一路保護你。」漢彌頓看著宮澤指示的地點。

「最好是。」宮澤無所謂。

「還有嗎？你所推測的地方？」漢彌頓問。

宮澤拿起另外兩張東京區域的地圖，很快就指出了其餘三處，說：「我只研究過冰存十庫在東京地區的可能位置，喏，這裡，這裡，還有這裡……就在這三個地方，當然猜錯了也是很正常的事。其餘六處，一個在京都，一個在大阪，一個在北海道，但我沒有研究過詳細的位置。」將地圖還給漢彌頓。

漢彌頓不由自主，發自內心嘆服。

宮澤指出的東京可以安置冰存十庫的其餘三個地點，跟美國秘警署情報單位多年來縝密推測的地點相去不遠。如果宮澤這個人的「專業第六感」正確，兩者符應起來，手指之處很可能就是極精準的心臟地帶。

「等等……還有三個呢？」威金斯插嘴。

宮澤沉吟了一下，慢慢說道：「冰存十庫最恐怖的地方，在於眞正存放在日本境內的兵力只有七個地方，還有另外三個兵力庫，是在日本境外。」

「境外！」漢彌頓一震。

「……」查特的身子也微微一晃。

「怎麼可能，儲放在境外的話怎麼有人把守！」威金斯皺眉，歪著頭：「需要喚醒戰士的時候怎麼辦？」

「當然有可能。」宮澤冷冷地說：「這個世界上多的是願意爲錢出賣靈魂的大企業。而且，把兵力庫直接設在國外，需要與他國交戰的時候，豈不更加方便？這恐怕是最高招的戰術了。」

漢彌頓點點頭，說：「合情合理。」

宮澤看著漢彌頓，說：「至於暗藏兵力庫的地點，同樣也是合情合理。」

既然合情合理，日本在二次世界大戰裡蹂躪過的幾個國家中，最具有戰略意義的地區分別是……

漢彌頓接著說：「中國，俄國。」

宮澤點點頭，說：「還有台灣。」

漢彌頓倒抽了一口涼氣。

爲什麼美國秘警署擬定了百多條萬一有天要與日本作戰時的種種方略，就是沒有想到戰爭一旦開打，中國與俄國在一夜之間淪陷的可能！牽制太平洋絕佳戰略位置的台灣，一夜之間變成日本的不沉航空母艦的可能！

「……」漢彌頓冷靜地思考。

現在，美國共有十組夢幻人馬在東京，每一組都開始各自的行動。

但沒有比爆破冰存十庫更重要的任務了。

漢彌頓立刻用無線電聯繫另一台車上的辛辛納屈，要他將宮澤所指出的冰存十庫之中的其他三處，用暗碼通知給另外九組人馬，要他們自己協調出三組成員潛入爆破。

關上無線電，漢彌頓不發一語，閉上眼睛養神。

「爆破冰存十庫後，接下來，東京會發生什麼事？」宮澤看著手臂上的針孔。

「不知道。」漢彌頓據實以告。

宮澤看著漢彌頓，他的身上有股難以言喻的魅力。

全家就是你家

命格：情緒格

存活：三百年

徵兆：按陰陽咧就是在說你這種白目啦！為什麼你用室友的電腦打魔獸打一整天都不會臉紅？為什麼你把室友冰箱裡的飲料都幹掉了也不會偶爾貢獻一點？為什麼你總是在用別人的牙膏跟洗髮精？為什麼你可以自動自發拿走室友放在桌上的機車鑰匙騎了一整天的車後不加油就將鑰匙丟回桌上？為什麼你可以一個不留神就順手拿起室友的手機打電話給女朋友講上一個小時的網外電話？為什麼你平時都不洗內褲竟然要跟室友借乾淨的內褲來穿？

特質：你太白目了，難道你沒有發現你其實很適合搬到無人島稱王嗎？

進化：宇宙大白目

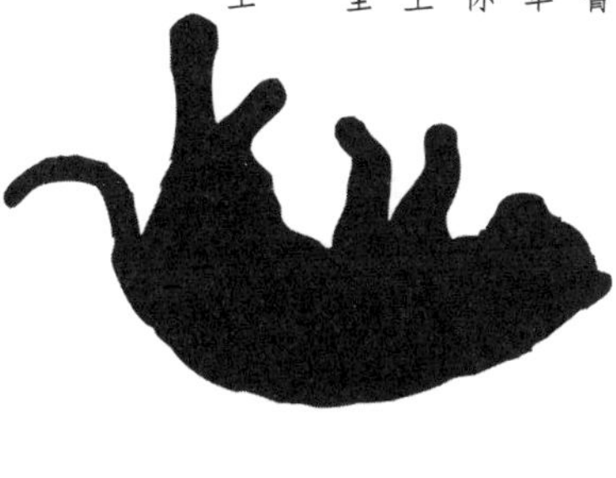

第357話

終於來到這一天。

莉卡走在昏暗的地道裡，跟在眾位重量級血族大員後面。

爲首的是代表禁衛軍的牙丸無道與阿不思，與他們並肩而行的，是代表白氏的三位大長老，白無、白喪與白常。其餘跟隨的人還有十一豺的優香、牙丸禁衛軍的十位重要軍事參謀、白氏貴族的新銳白刑、白響與白部。

爲了向血天皇「乞討」向人類諸國宣戰的命令，原本應該只是專注在莉卡一人身上的崇高皇吻儀式，現在卻變成了配角。

地道沿途當然沒有任何燈光，全靠手電筒與眾大員的記憶引領潛行，說不上特別深，卻是相當錯綜複雜，這些都在意料之中。地道沒有刻意設計成僅能供一人恰恰走過，而是忽大忽小，忽窄忽寬，一下子是上坡，一下子是近乎螺旋向下的曲徑，一下子竟來到中等會議室大小的洞穴。走在裡面只要五分鐘，就非常容易喪失對時間與空間的眞實感。

這些地道不只是百轉千迴而已，還有很多條岔出的多重選擇，一旦選擇錯誤，必然迷失在永恆的黑暗中。也許這就是地道不需要隱藏機關或安派武士把守的原因。

是的，沒有突然噴出來的毒氣、飛箭、還是瞬間往中間夾擠的石牆，沒有任何一隻見人就呑的史前魔獸或畸形怪獸，更沒有神祕的長駐強者。

所有在傳說中言之鑿鑿的恐怖，都只停留在「從前從前」的程度。

有的，只是讓人焦灼躁鬱的密閉黑暗。

對莉卡來說，這些錯綜複雜只不過是最基本的程度。

爲了這一天，莉卡做足了功課。

在Z組織的幫助下，莉卡曾在德國柏林與俄國莫斯科地底下廢棄的血族穴宮裡探索過數十次，不只限時將裡面的結構摸得一清二楚，還訓練自己在不靠任何儀器的幫助之下記憶所走過的任何路線。

這點至爲重要，都已經走到了這一步，絕對不能忘記。

當然，跟日本血族挖了幾千年的地道工程相比，德國與俄國的地下穴道就太小巫見大巫了，地下皇城複雜太多。但從地下皇城前往「翦龍穴」的路徑，只佔了整個地下皇城的一小部分，如果可以掌握一開始從哪個編號的地穴出發，要摸清楚翦龍穴的位置，應該不難。

眾人各自懷著不同的心情，平靜地前行。

莉卡在行前沒有聽到任何人跟她說，前往晉見血天皇需要注意什麼事項，例如不能攜帶武器，例如不可以說話，例如不可以隨意東張西望等等。但即使是平時口不擇言的優香，在此時也不敢亂說話，眾人的腳步聲中自有一股肅穆恭敬的氣息。

這樣很好。

走在最後一個的莉卡，專心致志地記憶走過的每一步。

突然，眾人中有一半的人停下腳步，包括白氏的幾位新秀與禁衛軍的十位軍事參謀，全都自動讓開，垂首站在道路兩旁。

「他們只能走到這裡，我們繼續吧。」優香細聲，用拐子碰了莉卡一下。

「嗯。」莉卡點點頭。

此時能夠前進的人只剩下權力最高的牙丸無道與阿不思，以及白氏三位大長老。至於優香之所以還能繼續跟著，自有箇中道理。

約莫又走了五分鐘毫無稀奇的地道後，眾人終於來到了翦龍穴的「入口」。

原本在莉卡的想像中，最後抵達能夠與血天皇「對話」的地方，是一個巨大的洞口，洞口邊畫滿異教徒的奇形符咒，而眾人匍匐跪拜在外一邊叩頭，一邊聆聽從洞口傳出的聲音，甚至不敢抬頭望向洞口裡的深邃黑暗。

但實際上，翦龍穴不是一個洞，而是一口井。

「到了。」阿不思停下腳步。

一口深不見底的超巨大黑井。

第358話

巨大黑井的直徑至少有一百公尺，大得讓人無所適從，不自覺想遠離。說是井，卻又沒有井的構造，根本就是一個垂直往地底深去的超級巨洞。

巨井的礦質有異，跟剛剛一路走來的石材很不一樣，感覺堅硬許多。井壁凹凸不平，在手電筒的照射下發出異樣的光芒，仔細一看，莉卡發現有百萬千萬道爪痕滿佈在上，那些爪痕像是野獸掙扎所刻，又像是憤怒攻擊所留下的痕跡。

莉卡往下看，這井垂直看不見底，還有股難以掩飾的燥熱從黑井底傳上，像是從地心直冒出來的焚風，裡頭有股大火在燒似的。

有多深？莉卡用眼神詢問優香。

優香搖搖頭，也從沒興趣知道。

如果要Z組織特遣戰鬥部隊到這裡綁架徐福，這口誇張的深井將是大麻煩。

這洞如此大，如此深，原本畏懼徐福太強，計畫在翦龍穴洞口施放強力麻醉煙霧毒倒徐福後，再綁他出來。現在已不可能了。

只能硬碰硬。

不過優點是，幾乎篤定能一次下去多名戰士，從四面八方聯擊徐福，而不是自迫於窄小的洞穴戰——然後一個接一個被幹掉。

如果是「十二星座」，加上自己，應該能戰勝負傷數百年的徐福吧？

牙丸無道注意到莉卡複雜的神情，以爲莉卡在喟嘆翦龍穴之偉大。

「這裡，傳說是我們的遠祖，猛血魔怪在地底層裡挖構的聖殿。」

牙丸無道用一種無限緬懷的語氣，慢慢說來：「我們的先人遠從中國秦朝來到此居，歷經辛苦的戰鬥征服猛血魔怪的後人，奪取牠們藏在血液裡的力量，最終成爲我們現在的樣子。」

他的聲音迴盪在巨大的黑井裡，那些語句彷彿有了形體，不斷往下撞擊、反射、撞擊、反射，最終傳到黑井的最深處。

頓了頓，面無表情的牙丸無道，罕見地語帶感性：「而那些猛血魔怪在世界渾沌之始，便用牠們的血肉之軀在這堅硬的地底擴張牠們的世界，在這個聖殿廝鬥。因此某種意義上，這裡可以說是東瀛我族的聖地。我們的先人一向知道這裡，據說這裡擁有神祕的超力量，血天皇在此修煉生息，再好不過。」

牙丸無道，一向很喜歡說歷史。

喜歡說歷史的人，更喜歡掂量自己將在歷史中佔據的位置。

——而這個位置，有時候得用破壞世界的方式奪取。

「大老遠來到這裡，不是要聽你說故事的。」大長老白喪一臉大病大痛的模樣，說：「敵人的軍艦都快把東京圍得水泄不通，如果你要戰，便快點請示血天皇，讓我們痛擊那些自以爲是的食物聯盟。」

牙丸無道沒有慍色，點點頭：「有勞了。」

他知道要與人類發動毀滅性的大戰，就絕對不能沒有白氏一族的支援。

承平時期，都是牙丸軍團負責捍衛國境，而白氏表面上養尊處優不屑戰鬥，骨子裡卻心癢難搔。牙丸無道深知，只要對這些老怪物尊敬一些，就可以借用他們蠢蠢欲動的殺慾，與空前強大的人類諸國決死。那些老怪物在腦子裡豢養了不計其數的恐怖怪物，在這半個世紀以來各種媒體推波助瀾的情況下，幻殺的效力將遠遠大過之前任何一個時代。

「我先來吧。」阿不思淡淡道，用指甲切開自己的手腕，流出鮮血。

鮮血一滴滴落在井裡，井底沒有絲毫動靜。

「牙丸無道，參見血天皇。」牙丸無道也切開手腕，將鮮血灑在井裡。

鮮血平凡無奇地落下，沒有獸吼，沒有巨鳴，也沒有突然的激烈震動。

見了這一幕，莉卡不禁有些不以爲然。

白常往前一步，朗聲。

「血天皇，萬皇之皇，這是來自血之國子民的請求，請您醒來吧！」

只見白常咬破手指，一滴鮮血迸出滴落的瞬間，莉卡感覺到整個世界都在扭曲旋轉，好像站在一台失控脫出鐵軌的雲霄飛車上……不，不是雲霄飛車……而是一個在雲霄飛車軌道上不斷翻滾的巨球裡不停不停地摔著。

幸好這感覺大約只持續了十五秒不到便消失了，莉卡恢復正常意識時，這才發現自己斜趴在地上，半張臉貼著。而一旁身爲十一豺的前輩優香，也是一臉慘白，單膝跪地，一手勉強撐著地面。

抬頭看站在前方的牙丸無道與阿不思，牙丸無道神色鎮定，但額上已滲出一抹汗水；阿不思，則一副對晉見血天皇沒有半分興趣的表情。

「……」莉卡用手中長刀將自己撐起，腦子裡卻還在旋轉。

白無咬破手指，往前一步，臨井將血滴擠落。

「血天皇，萬皇之皇，這是來自血之國子民的請求，請您醒來吧！」

嗶嗶……

剝剝……

！！！

莉卡突然感覺到一股巨大的壓力從四面八方膨脹開來，彷彿空氣都快要爆裂開來的嗶剝巴響，堅硬的岩壁也出現裂痕，陷出砂屑。莉卡看著手臂上的血管突然鼓脹得像肥土裡的大蚯蚓，她本能地張開嘴巴平衡自己耳鼻腔裡的壓力，但還是抵抗不了突如其來的擠壓感。

慘了，今天要死在這裡！

正當莉卡快要將眼球給衝爆出眶外，那股巨大的壓力驟然消失，身體裡的五臟六腑大解脫，讓莉卡的身子被反作用力往後一摔，狠狠坐在地上。

劇烈頭痛的恍惚間，莉卡看見優香兀自站著，閉著眼睛慢慢調氣，好像也經歷了一場恐怖的身裂之旅。而那些承受不了壓力破裂開來的井壁，此時竟絲毫無損，宣示著剛剛發生的一切實際上都不曾存在。

絕頂厲害，這就是凱因斯提到的幻殺吧？

莉卡感覺到鼻子裡有些溼潤，伸手擦了擦，才發現自己正在流鼻血。

而牙丸無道面無表情，但攬在背後的拳頭已經死握出血來。

再看阿不思，這位繼承了東瀛最強稱號的女人，還是一副事不關己的淡然。

——一定要祈禱，這個女人屆時不要攔在路上，否則事情會很棘手。

白喪踏前一步，朗聲。

「血天皇，萬皇之皇，這是來自血之國子民的請求，請您醒來吧！」

莉卡毛骨悚然，忐忑等一下自己將被什麼幻覺給呑噬，全神戒備。

突然有一隻按在莉卡的肩上，是同樣深受幻覺所苦的優香，她微微點頭，似乎要爲莉卡打氣。

只見白喪咬破手指，往上甩出一滴閃閃發亮的鮮血。

鮮血在半空中倏然變大，竟融生出一隻身軀龐大的獨眼妖怪，獨眼妖怪至少有三十多公尺高，手裡拿著無人能敵的狼牙棒與巨大的鎖鏈球，赤身露體，活像從日本怪談裡走出來的海島精怪。

「怎麼可能……這種巨人怎麼……」莉卡目瞪口呆，殊不知這樣的幻覺之所以出現，她豐富的想像力也貢獻頗鉅。

憑空生出的獨眼妖怪再怎麼說，在半空中沒有支撐點，立刻怪吼怪叫地落下巨井。

巨怪淒厲的吼叫聲隨著下墮越來越小、越來越小……最後，只聽見一聲巨大的砰摔，震得連莉卡的腳都感覺到了。

當然了，腳底下的感覺也一定不存在吧？

三個白氏尊者，剛剛都展示了他們的特異能力，看得莉卡目瞪口呆。

如果幻覺能力的戰鬥眞的可以殺死實際存在的對方，那麼，剛剛那種程度的幻覺應該找不到任何敵手吧？爲什麼阿不思可以完全不受影響呢？

此時，巨大黑井突然有股冥冥不可想像的能量，在最深處嘆息著。

每一嘆息，黑井就冒出灼熱的鬱氣，節奏拖沓，缺乏精神。

每一嘆息，莉卡的精神就受到極大的擠壓，連影子都快逃離身體。

「什麼事？」

聲音之巨大，震得莉卡全身毛細孔都給剝開。

不曉得是特異能力產生的幻聽，還是實際上灌進耳朵裡的聲音。

牙丸無道舉起割破的手臂。

「稟告萬皇之皇，我族面臨生死存亡之際，特來祈求一戰。」牙丸無道朗聲。

「與誰一戰？」

牙丸無道看著阿不思，示意由她來說。

「現在是二〇二〇年，人類的領袖遭到暗殺，強大的軍隊已經開到大海上了，不管眞相爲何，或眞相究竟會不會水落石出，現在不打一下已經是不可能的。」阿不思淡淡說道。

即使是面對血天皇，此刻心情不佳的她，說話也不抱有特別的敬意。

如同以往，血天皇並沒有任何不耐煩，只是靜靜地聽著。

阿不思繼續將這場戰爭令人起疑的地方快速講述一遍，以及今日人類聯盟的強大，並告訴血天皇，爲什麼牙丸千軍不能在現場參與乞戰的原因。

白氏貴族就沒有阿不思這種好膽量，平時絕不把任何人放在眼裡的白氏長老們，到了此時只是戒愼恐懼地站在翦龍穴旁，深怕多做了什麼或少做了什麼，身體不由得僵硬了起來。他們驚恐阿不思的侃侃而談，又嫉妒阿不思的毫不畏懼……還記得，阿不思只不過是這一百年內竄起的新秀，來到翦龍穴的次數寥寥可數，竟有這種膽量，應該說是愚蠢嗎？

所有血族成員對血天皇都懷抱恐懼敬畏的心，平時鮮少可以找出重大事由來翦龍穴請示血天皇的命令，打擾血天皇的修行。此行特來向血天皇乞討與人類一戰的許可，是莫大的光榮，而優香之所以能一同前來，是要等候莉卡的皇吻儀式結束再將莉卡帶回，所以才能再度踏及翦龍穴。

關於血天皇的傳言很多。

曾經來到翦龍穴的血族權要，每一個都對血天皇的力量感到喘不過氣，他們深知，血天皇還在。不只還在，而且力量逐漸恢復中。

「前陣子出現的獵命師，跟人類同一陣線？」

「不知道，也無所謂。」阿不思毫無猶豫。

「能贏？」

「若不迎戰，最差的狀況，便是血族滅亡。」阿不思並不直接回答。

「猶記得七十多年前我族戰敗，前來向血天皇乞降一事，今日一戰絕不會再發生，冰存十庫裡的十二萬大軍，只要三日，便能成爲與人類決死的鬥力。」牙丸無道朗聲：「若我族最後能繼續生存，便是最大的勝利。」

「我白氏一族，亦共體時艱，捨命加入這次的戰鬥。」白常跪下，叩首。

「若有我白氏戮力參與，情勢定與七十年前大不相同。」白無五體投地。

「絕不辱，萬皇之皇的威名。」白喪顫顫巍巍跪下。

優香不知道該做什麼，有點手足無措地跟著跪下。莉卡無所適從，也只好跪下，心想，這眞是太可笑了……一群人對著一口大井下跪，對著虛無的聲音效忠，千年百年來難道都是如此？那聲音雖然一開始讓人毛骨悚然，但稍微習慣之後，也不過就是呼吸聲而已。

血天皇一時沒有答覆，眾人當然也沒敢催促，只是跪伏在地上等候。

巨大的沉默中，莉卡注意到，其實通往翦龍穴的道路不只剛剛那一條。

天井的正中央上方岩壁，其實還有一個小洞。

那個僅能供一人之身勉強通過的小隧洞，遠遠就發出連吸血鬼也感到刺鼻的血腥味。想來，那隧洞就是連結自某個直接用來供養徐福的頂級血庫吧？至於過於濃重的腐爛血腥味，很可能，是因為餵養徐福的「食物」並非活生生的人，而是生血——直接在血庫裡現榨活人迸出來的鮮血，過濾掉碎骨與殘渣後，讓鮮血毫不廢話從這個洞裡撒將下去，讓困修在井底的徐福大快朵頤。

成為吸血鬼後，為了贏取最基本的信任，長期臥底的莉卡吃了不少活人，咬開上百個活人的喉嚨。很快莉卡就感覺到，自己的基因已經突變完全，產生亟欲生吃活人鮮血的強烈本能，她漸漸對吃食冷凍血漿感到無趣，那不過是繼續生存下去的卑微延續……而不是大快朵頤的痛快。

那個隧洞，傳達了很重要的訊息——

沒有辦法享受將活人生吞活剝樂趣的徐福，身體一定很孱弱！

縱使還有很強的幻殺能力，但幻殺不過是幻殺，猛將十二星座一定能搞定。

莉卡正感慶幸時，巨井驚天震響。

「那便戰吧！」

第359話

強者，常常沒有群體概念。

或者應該說，自我中心旺盛的人，有著比一般人更大的實踐力，鞭策自己走上成爲強者的修羅之路。

因爲不得不的自負，因爲這種人的自尊最昂貴，因爲根深柢固的自以爲是。

只要看到別人走在前面，這種人就會焦躁難捱地加速向前。

久了。

強，就成爲一種偏執。

即使失去了根，還是想燦爛地開著花。

一事又一事，一禍又一禍，東京陷入空前的危機。

曾幾何時，殺胎人帶來的威脅在此時看來已微不足道。

但，好敵難求。

虛無存在的打鐵場外，一間毫不起眼的小神社，已佈置下天羅地網。

這種陣仗，乍看彷彿是一種強硬的賭氣，宣示著無論如何都別想輕易了結的仇恨。

實際上，根本只是一場強烈第六感驅使下的對決。

——一場無關這城市命運的廝殺。

誰死，誰活了下來，如此而已。

牙丸傷心盤坐在地，膝上放著一柄長刀，半闔著眼，彷彿入了定。

一百名禁衛軍牙丸武士，在牙丸傷心身後跟著打坐，認真修煉心智。

這幾十年來，這一百名牙丸武士都看著牙丸傷心的背影習練武道，對於這位平日幾乎不說話的滄桑刀客，每個人的心裡都有無法言喻的崇仰。偶爾，這位來自樂眠七棺的刀客願意指點一手，這些牙丸武士無不欣喜若狂，拚命地學習，希望能用勤勞的汗水換取牙丸傷心隨手指點下一招。

但他們儘管崇仰地五體投地，卻沒有人膽敢拍上一句馬屁話。

不是因爲他深鎖的眉頭總是拒人於千里之外，而是因爲他的傷心。

對一個很傷心的人，任何恭維都是難堪的多餘。

終於。

一陣沒來由的地震，讓鎮守在打鐵場入口的小地藏菩薩讓出了「一扇門」。

空氣好像正在溶解，光線與色彩在震動中彎曲崩落，傾瀉在眾武士的腳下。

火焰從異空間中踉蹌摔滾出來，燒了滿地。

出來了。

兩個人。

兩個強到讓一百柄武士刀愕然顫抖的男人。

牙丸傷心還是沒有任何動靜。

等候多時的一百名牙丸武士緩緩釋放出戰意，慢慢拾刀而起。

結界已經打開，困局正式終結。

看著踏著火焰而出的兩人，一百名牙丸武士散發出蒸騰鬥氣，團團包圍。

井然有序的陣式，嚴密紮實地盯住兩人。

「烏兄。」陳木生有些哽咽。

「年紀明明比我大，不要叫我烏兄。」烏霆殲若無其事看著周遭。

「是的，烏兄。」陳木生看著骯髒漆黑的雙手：「我感覺到……自己實在是太強了！內力源源不絕從體內激發出來，好多不可思議的招式在我眼前飛來飛去，看得我眼睛都花了！」

「……」

「問我！」陳木生大吼。

「什麼？」烏霆殲嚇了一跳。

「問我！爲什麼變得這麼強！」陳木生抬起頭，激動不已。

「……喂，你爲什麼變得這麼強？」烏霆殲的眼睛略過眼前，直盯後面那人。

那人的身子很輕，像是被空氣不疾不徐托了起來。

他毫無雜念的眼神，正垂首打量烏霆殲燎動暴躁的影子。

「努力！持之以恆的努力！」陳木生流下熱淚，跟鼻涕。

烏霆殲瞪著牙丸傷心。

牙丸傷心腳步輕盈，似幻似眞地走了過來。

烏霆殲燎動狂亂的影子突然咆哮向前，朝圍住兩人的百名牙丸武士的影子一掃，竟掃得眾武士心驚肉跳，險些摔倒，卻還不知道是怎麼一回事。

驚人的氣勢，好像光靠影子就可以壓死人。

等待的直覺果然沒錯。

終於，遇見對手了。

牙丸傷心走向前，腰上的刀長到幾乎要拖在地上。

一雙腳，無視擋在前方的一百名無關緊要的牙丸武士，大步行在眾人之間。

每一步，都平和地像踏在潺潺流水上，不礙游魚在腳趾間嬉戲。

兩隻手，自然在身軀兩側大幅擺動，肩上隨時可棲飛累的小雀。

全身都是空隙，像是在山谷裡散步。

……散步散步，然後隨手摘下兩朵小雛菊那樣平淡。

牙丸傷心的手，不快不慢地接近長刀握柄。

不快，不慢……

烏霆殲的影子急縮成地上的一個小點，人已高高躍在半空中。

同一時間，愣愣的陳木生飛也似往後一跳，倏忽在十丈之外。

「你是！佐佐木小次郎！」陳木生在後躍中大叫。

牙丸傷心那渾然天成的拔刀手，硬生生停滯在握刀的瞬間。

這個名字。

已經很久很久……

「這個名字，已經沒有任何價值了。」

牙丸傷心閉上眼睛，僵硬地握住刀柄。

就在拔刀的那一眨眼，一道熊熊怒火在眾人的頭頂上悍然劃開。

烏霆殲抬頭。

陳木生抬頭。

牙丸傷心抬頭。

一百名牙丸武士抬頭。

日本航空自衛隊，最高指揮所。

戰略官呆看著雷達上的小綠點。

「敵人……不是只剩一架F22嗎！」

「怎麼可能！派出去的二十四架F16全數都被殲滅！」指揮官大驚。

東京大街上，百萬人抬頭。

區區一架F22。

孤獨鐵鷹，悲傷星火。

「東京！睜大眼睛！」

一架低空衝下雲端的戰鬥機，帶來人類世界的第一次反擊。

雷力淚吼，按下。

「這是人類的勇氣！」

《獵命師傳奇》卷十二　完

《獵命師傳奇》卷十三

獵命師傳奇
FateHunter

群魔將東京地上燒成焦土，群雄在東京地底大開殺戒。

沉寂數百年的巨大黑井旁熱鬧了起來。

氣勢逼人，上官冷眼橫眉，身後的幾名夥伴振奮起最後的精神。

流焰四射，烏霆殲與烏拉拉兩兄弟終於重逢，卻是在這種情景。

又是硬仗，陳木生從後面氣喘吁吁走來，背上還插了把武士刀。

飛沙走石，聶老全身飽滿金黃電氣，務求在第一擊就殺得先機。

各自帶著不同的故事，卻有共同的目標。

只聽得翦龍穴裡傳來虛弱的聲音……

「作——者——當——兵——取——材——」

獵你的創意，秀你的圖
「獵命師大募集！」活動

發揮你的想像，秀出你的創意，畫出或者cosplay《獵命師傳奇》你心目中的故事角色，我們將於《獵命師傳奇》最新一集出版前，固定由作者過九把刀親自遴選，刊登在當集的獵命師書中喔！讓你的創意在《獵命師傳奇》的世界中登場，還可以得到獵命師限量周邊！

活動詳細活動辦法，請至蓋亞讀樂網貼圖區參觀
http://www.gaeabooks.com.tw/

- 大賞作品（兩名）可得《獵命師傳奇》新書一本及限量黑色長袖T恤一件。
- 入選者可得《獵命師傳奇》新書一本。

【本集大賞】

冥鬼MK◆風宇

刀大評語：
動作很俐落！眼神帶點興奮跟不屑，很有風宇的氣味！

Ednke◆
世上，沒有不帥的男人。──香愁

刀大評語：
好吧，其實這跟我想像的闞香愁相差很遠，不過你實在畫得很酷！

R.M.ZERO ◆源九郎義經

ID sleeping ◆烏拉拉

ethel30534 ◆ vampire

p89052 ◆ J 老頭

R.M.ZERO ◆賴朝與九郎

iloveallen ◆制服神谷

student94320 ◆能登守平教經

fwkh77771018 ◆烏拉拉

everyday830 ◆書恩

kujacob ◆ Q 版烏拉拉和紳士

ofender ◆城市管理人

ALAGAN ◆殲

fdlwyaly ◆刀下的溫柔

kon254 ◆烏拉拉

s59986685 ◆
哦～街頭烏拉拉 with 紳士

w0928072295 ◆颪宇

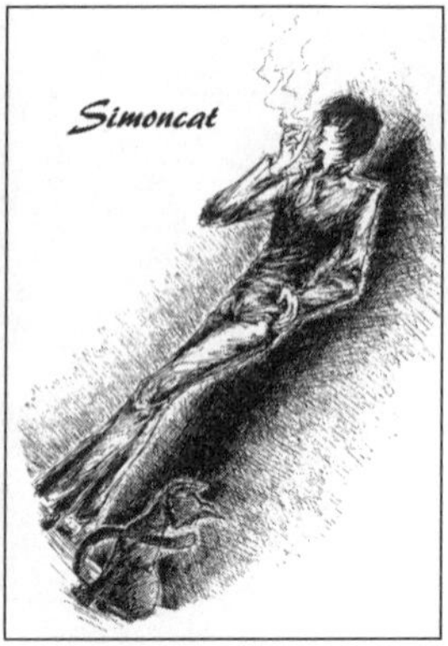

vilion524 ◆賽門貓

cloud9010 ◆
兵器人陳木生千軍萬馬

blacktwok ◆烏家兄弟

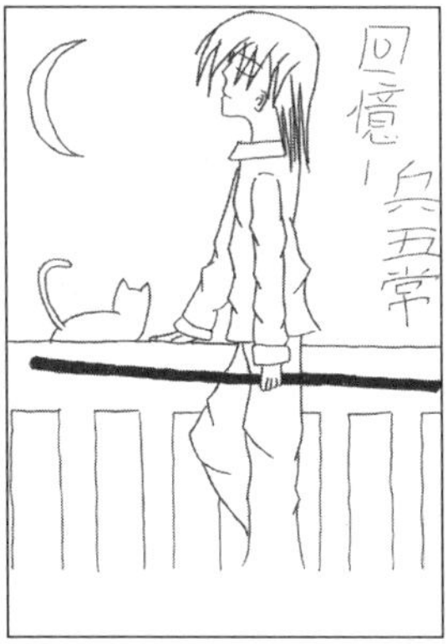

littledi ◆兵五常

lark ◆張熙熙。

kon254 ◆宮本武藏

b216115 ◆上官兄

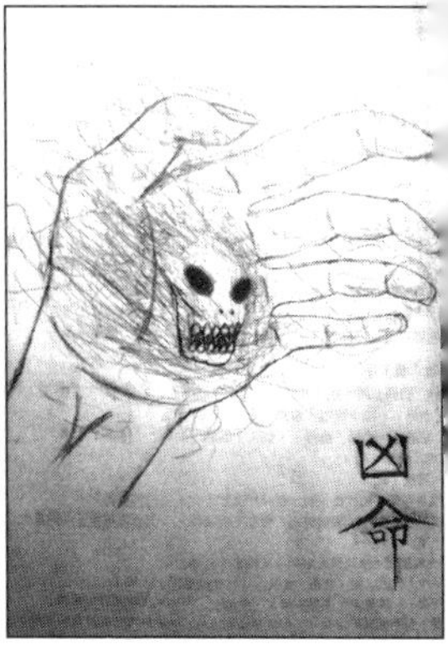

errtiocv ◆聖耀 掌紋

hiyanonocat ◆闕香愁

paparaya ◆天堂地獄・烏霆殲

w0928072295 ◆上官無筵

wen019◆鏈球莉蒂雅

Carla◆聖耀

johnogog◆開棺卻看不到東西

d801242002◆聖耀

ayu560◆不知火

iloveallen◆派對優香

anber◆搭檔

中華路 2 段◆食左手族-毛冉

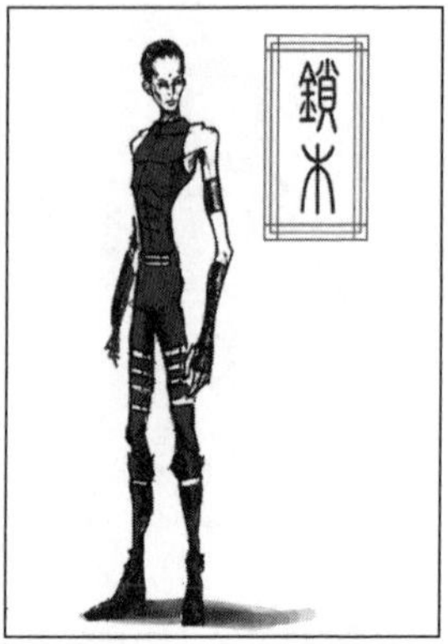

中華路 2 段◆獵命師-鎖木

tommytommy26 ◆死神上官

myairfish ◆神谷與小內

upseeq ◆烏 vs 宮 vs 兵

zeroaven ◆優香

fdlwyaly ◆上官那一夥

zero ◆徐福

mup41 ◆兵五常

USUALLY ◆左眼進 右眼出

f012129 ◆宮本武藏

決定放棄◆阿不思與優香

inte9801◆烏霆殲 PART2

everyday830◆優香

mylove88520◆爆乳冬子

tina71015◆五刀上官

zswolf◆烏拉拉

熊熊◆烏拉拉

s1989317◆烏家兄弟

※ 想看得更清楚？看黑白圖不過癮？請上網～ http://www.gaeabooks.com.tw/

archfriend ◆烏拉拉

mary10081 ◆張熙熙

DIOSWORLD ◆陳木生你好

tina71015 ◆賽門貓

x10803173 ◆不死兇命/聖耀

b4076810 ◆宮本武藏

本集此貓由星子（teensy）繪製
特此致謝

冥鬼 MK ◆全雪心

ayu560 ◆天堂地獄

國家圖書館出版品預行編目資料

獵命師傳奇. Fatehunter／九把刀 著；
——初版.——台北市：蓋亞文化，2005【民94-】
冊；公分.——（悅讀館）
ISBN 978-986-6815-03-4（第12卷：平裝）

857.83 94002005

悅讀館 RE082

獵命師傳奇系列【卷十二】

作者／九把刀（Giddens）
繪圖／翁子揚
出版社／蓋亞文化有限公司
地址◎台北市103赤峰街41巷7號1樓
電話◎（02）25585438 傳眞◎（02）25585439
部落格◎gaeabooks.pixnet.net/blog
網址◎www.gaeabooks.com.tw
服務信箱◎gaea@gaeabooks.com.tw
投稿信箱◎editor@gaeabooks.com.tw
郵撥帳號◎19769541 戶名：蓋亞文化有限公司
法律顧問／義正國際法律事務所
總經銷／聯合發行股份有限公司
地址◎新北市新店區寶橋路二三五巷六弄六號二樓
電話◎（02）29178022 傳眞◎（02）29156275
港澳地區／一代匯集
電話◎（852）27838102 傳眞◎（852）23960050
地址◎九龍旺角塘尾道64號龍駒企業大廈10樓B&D室
初版八刷／2014年7月
定價／新台幣 180 元
Printed in Taiwan

ISBN／978-986-6815-03-4

RE082
GAEA

獵命師傳奇

天命在我・自創一格
──創意命格有獎徵文活動

替獵命師們構想奇命！為自己開創中獎命數！

由於反應熱烈，命格徵文活動將改爲每集固定舉行。我們會在每集《獵命師傳奇》出版前，固定由作者九把刀遴選2～3則投稿，讓你設計的命格在下一集《獵命師傳奇》的世界中登場！

獲選者可獲贈《獵命師傳奇》週邊商品，及九把刀最新作品一本。

■ 注意事項

◎命格投稿請比照書中一貫的描述格式，並填寫於本回函所附表格

◎請參加讀友留下正確姓名地址，以便發表時註明構想者與贈獎。

◎本活動遴選之命格使用權利歸蓋亞文化有限公司所有。

◎活動及抽獎結果，將於每集《獵命師傳奇》出版時公布於蓋亞讀樂網。

◎本抽獎回函影印無效。

姓名：＿＿＿＿＿＿＿＿ **出生日期：** 年 月 日 **性別：**□男 □女

聯絡電話：＿＿＿＿＿＿＿＿

E-mail ：＿＿＿＿＿＿＿＿

地址：□□□

＿＿＿＿＿＿＿＿

命格名稱：＿＿＿＿＿＿＿＿

命格：＿＿＿＿＿＿＿＿

存活：＿＿＿＿＿＿＿＿

徵兆：＿＿＿＿＿＿＿＿

特質：＿＿＿＿＿＿＿＿

進化：＿＿＿＿＿＿＿＿

關於命格投稿，九把刀會針對讀者的想法創作更完整的設定修改，以符合故事的需要，或九把刀個人愛胡說八道的壞習慣。戰鬥吧！燃燒你的創意！

廣告回信 郵資免付
台北郵局登記證
台北廣字第 675 號

GAEA 蓋亞文化有限公司　收

103 台北市赤峰街 41 巷 7 號 1 樓